见微知著

佩贤 ⊙ 著

北方文艺出版社

·哈尔滨·

图书在版编目(CIP)数据

见微知著 / 佩贤著. -- 哈尔滨：北方文艺出版社，
2025.2. -- ISBN 978-7-5317-6572-1

Ⅰ. I25

中国国家版本馆 CIP 数据核字第 2025Z8A811 号

见微知著
JIANWEI ZHIZHU

作　　者 / 佩　贤
责任编辑 / 宋雪微　　　　　　　　　　封面设计 / 杭州众书

出版发行 / 北方文艺出版社　　　　　　邮　编 / 150008
发行电话 / (0451) 86825533　　　　　　经　销 / 新华书店
地　　址 / 哈尔滨市南岗区宣庆小区 1 号楼　网　址 / www.bfwy.com
印　　刷 / 四川福润印务有限责任公司　　开　本 / 880mm×1230mm 1/32
字　　数 / 140 千　　　　　　　　　　印　张 / 6.25
版　　次 / 2025 年 2 月第 1 版　　　　　印　次 / 2025 年 2 月第 1 次印刷
书　　号 / ISBN 978-7-5317-6572-1　　　定　价 / 58.00 元

目 录

佛山"神鹿"

(一)

"踏遍青山人未老，夕阳余热励后人。"这是长跑达人谢灼秋退休生活的真实写照。

他从小酷爱跑步，十多岁开始练习长跑。大清早起来，从大沥到佛山中山桥，往返跑一个多小时，以此锻炼自己的意志和毅力。

每日坚持，风雨不改！

他从小就有一个向往：走出佛山，饱览祖国的大好河山。

2001年7月13日北京申奥成功，他在电视机屏幕前看着举国欢腾的热烈场面，内心深处萌生了一个想法：自己从小就热爱体育运动，尤其是长跑。作为一名中国人，可不可以用一种特殊的方式来迎接奥运，以一名中国普通农民的身份为北京奥运"献礼"呢？

他决定自费长跑。

出发前几个月，他做好北京至大沥沿途距离、气温等攻略，并坚持每天20公里以上的跑步练习，为这次长跑做充分准备。

"我选择从北京跑回大沥，而不是从大沥跑去北京是研究过的。每年8月下旬北京的平均气温，早上是21℃，中午是30℃，是最适宜长跑的，所以我选择从广州乘坐火车到北京，再从北京跑回来。"

他充满自信地说。

2002 年 8 月 25 日，他背上 35 件"随身宝"，从北京沿着 107 国道，穿越河北、河南、湖北、湖南……跑回大沥，全程 2500 公里。

年近花甲的他，怀揣着一份爱国情怀，挑战人生极限。他希望通过自发自费长跑，用亲身经历宣传全民健身运动；提高大沥镇在广东乃至全国的知名度；在祖国南北大动脉 107 国道上留下"大沥人"的长跑脚印，展示"大沥人"的风采……

他把自己长跑路上的所见所闻写成日记。"一篇篇流水日记。一段段朴实的文字讲述着他的长跑故事；一本本沉甸甸的'通关文牒'，印记着他一站站的旅程。"

(二)

每天吃辣面、异地高温，这对一个南方的长跑人来说是一个考验。但他很快就适应了当地的饮食和气候环境，每天坚持完成 70 公里左右的路程。

他随遇而安又随机应变地应对着长跑路上遇到的各种困难和挑战。

口渴了，就到加油站或路边的人家找水喝；肚子饿了，就到路边的小食店吃鸡蛋辣面条；大腿和背部被汗水磨损发炎了，就涂"皮炎平"药膏；闷热头疼，就吃两包解热止痛散；拉肚子就吃"痢特灵"；肌肉疲劳了就多喝水，既可以消除疲劳又可以调节体温，将体内代谢物清除出去……

长跑是一项消耗很大的有氧代谢运动，要求跑步的人必须具备良好的技术、战术和身体素质，更加需要顽强的意志。

长跑第四天，他来到河北省新乐市，中午气温高达 35℃以上，加上没风，又闷又热。

为了不耽误跑程，最大限度地避开高温天气，他把起跑时间一再提前。清晨四点半起床，五点起跑。东方刚泛起鱼肚白，他披星戴月地跑上一段。

他采用"战术"与炎热天气作战。尽可能地利用上午不太热的天气，赶在中午前跑出40公里，利用这段时间取得公里的推进度，到了下午的闷热天就有了主动权，甚至可以采用步行半公里、慢跑两公里相结合的方式。

长跑第十六天到了河南省，已经过了"白露"节气，当地进入了秋雨连绵的天气。下雨并没有让他停下前行的脚步，他淋湿了身子跑山路，清凉的天气反而让他觉得更轻松。

他从小经受农村艰苦生活的洗礼，经常湿着身子劳动，对狂风暴雨、霜冻寒潮、日晒雨淋早已习以为常。

"我今年58岁，每天都背着三公斤重的背包跑两个马拉松亦算不了什么，这一切都归功于从小生长在农村，面对大自然的狂风暴雨、霜冻寒潮的考验。它磨炼了我的意志，铸造了我坚韧的性格。"他在日记中写道。

如松柏之气质，寒雪压身志更坚！

"长跑对于我的人生来说是一种乐趣，是我对大自然和人生极限的一种挑战，也是以自己顽强意志战胜懦弱无能的一种表现，之后才能成为一个钢铁勇士。"

农村生活的历练不但强壮了他的体魄，更铸造了他自强不息、坚韧不拔的精神力量。他体内流淌着的正是劳动人民刻苦耐劳、不畏艰苦的热血。改革开放后，他通过勤劳致富，生活水平不断提升。但正如他这一代千千万万的中国劳动人民一样，他们的质朴、顽强、坚韧、刻苦从来没有改变！

新时代农民的典范！在他身上所展示出来的正是一种新时代农民的精神！

（三）

从 1991 年开始，谢灼秋就洗脚上田，以补车胎为业。在他的随身"35 件宝"中，就有他出发前准备好的 92 块冷补胶片和两支胶水。

沿着 107 国道一路南下，路面粗糙。他穿的新军鞋早已在石家庄时就被路面磨破。从石家庄开始，他利用中午休息时间补鞋一次，晚上临睡前再补一次，既节省又实用。

"除非我的军鞋烂得不能再补，否则我不会轻易换掉。"

劳动人民勤俭节约、艰苦朴素的良好品格在他身上呈现出来。

长跑第七天他来到河北省临城县，投宿在火车站的一家旅社。旅社西南面有个露天厕所，旁边还有一个养着三头猪的猪栏。他的房间就靠近猪栏，晚上睡觉时，人屎尿、猪尿、猪臭味随着南风一阵阵地吹送过来；火车站嘈杂的人声、火车声，声声入耳。他用纸巾把两只耳朵塞住才能勉强入睡。

还有一次，他在河南省汤阴县宜家靠近火车站边的小旅社住宿，北风呼呼声、往来火车汽笛声、车站上旅客吵闹声、楼下住客打麻将的声音不绝于耳，加上老鼠不时在床头床尾"打架"，他风趣幽默地称之为"真是一间名副其实的交响乐旅社"。

"不管环境如何，只要能填饱肚子，晚上有个床位睡觉就可以了，第二天还要赶路。"

看似质朴的话，却蕴含着一种人生智慧。随遇而安、泰然处之的人生态度，支撑着他熬过长跑路上一个又一个的艰难处境与困境，享受着长跑给他带来的快乐与精彩。

当他买饭时因满身汗水被拒于门外；当他冒雨前行、满身泥水去投宿，被拒于门外；当他跑在一些靠近村庄的公路边，家狗经常几只一队地追过来袭击……他心里早有准备，他没有抱怨，反而自嘲：如今我的样子又黑又瘦，衣着残旧如乞丐，小偷也不会打我主意，再也不用担心身上的财物了。

他的坚韧不拔和乐观主义精神激扬着他前行的步伐！

他跑到汤阴县城时，岳飞庙离住宿的地方近一公里，他决定一睹风采。回来时就在旅店旁边一家小食店吃辣面条。突然乌云密布、狂风大作，伸手不见五指。外面的风沙直卷进来，弄得满店飞沙走石，连他吃的那碗面条都布满沙尘，吃起来"喔喔"作响。倒掉浪费，他干脆连汤带面直吞下去，还不失幽默地称之为"沙尘面"。

长跑对体力的消耗非常厉害，营养健康的伙食可以让精神和力气倍增，跑起来更有劲。但对谢灼秋来说，能够填饱肚子就可以了。这么简单的要求，有时也会成为一种奢望。

有一次，当他跑到河南省信阳市的一个地方时，他又渴又饿，就走进小卖部买食物和水。可是连续走了三家，店主都不理不睬。后来又到一家小吃店买面条，也受到同样的冷遇。后来才知道，"一切东西都不卖给外乡人"是那里的风俗。他只好忍着饥渴跑到另外一个镇，终于吃上了辣面条。

他没有抱怨，就当作增长了一次见闻。他开玩笑说："真是人活一百岁，新闻天天有啊！"

还有一次，他跑到一个前不见村后不着店的地方，肚子实在太饿，几乎没有力气跑下去了。路边就是一片广阔无垠的玉米地，已经到了收获的季节。阵阵秋风把玉米的清甜味吹送过来，他特别想摘个玉米吃，就摘一个！心里却有另一个声音在说：这事做不得！再往前看看吧。

支撑着他每天完成长跑任务，除了必需的物质基础——吃和住，还有精神支柱。他的初心就是他的精神支柱！

"咬定青山不放松"的决心就是他的精神支柱！

在饿得几乎跑不动的情况下，他仍然坚守着做人的道德底线，令人肃然起敬！

长跑第二十九天，他跑到湖南省，冒雨前行。过了马头岭后，一位常到大沥做生意的老板，开着小车与他同向同行约一公里，沿路与他攀谈。老板多次劝他上车，都被他婉言谢绝。他对老板说："你的好意我心领了，但坐车代步不但违反长跑规则，还违反了体育道德，有损佛山人的形象啊。"

老板被他的精神所感动，停车把一些食物和水送给他，以表敬意。

虽然他不是专业运动员，他的行为却体现着高尚的职业道德和良好的体育精神。

在他身上传递着一种精神，一种体育精神，告诉我们：无论做什么事情，都要有坚定的决心，朝着更高、更好的目标奋进！

（四）

谢灼秋跑到由河南到湖北最后一个险关——武胜关时，只见山高路险，两边悬崖。他不畏艰难、一鼓作气地跑到山顶路边开阔处，那里设立了湖北广水武胜关动物检疫站和交警中队。他上前要求工作人员签证留念时，一位工作人员望着他身上穿着的运动服印有"迎奥运长跑，北京—广东南海大沥"，不禁好奇地问："同志，你一个人从北京跑回广东南海大沥，全程两千多公里，沿途山高路险，你心里不害怕吗？"

虽然这次长跑是自发自费，他想到自己的初心：要以一位佛山使者的身份，更要显示大沥人的风采。他满怀激情地说："我们中国共产党在抗日战争年代，领导全中国人民，打败日本侵略者。在解放战争时期，建立了中华人民共和国。在建设社会主义现代化的今天，祖国各地都开通了发达的交通网，我作为一个中国公民，感到自豪和骄傲。我虽然不是共产党员，但是我信奉的是马克思列宁主义，可以说我就是一个共产党人。我们共产党人走共产党的路根本没有什么害怕。凡是有共产党领导的地方都可以去。"

这就是一位普通中国劳动人民的肺腑之言,多么振奋人心啊!

他这份爱国爱党的情怀获得了在场所有工作人员热烈的掌声。

一位警官在他的留言本上写上:祝你成功,万事如意。

另一位动物检疫人员也为他写上:自立自强,一帆风顺。

带着工作人员送的水果、食物和水,还有深深的祝福,他又踏上了征程。

踏上湖南地界,十公里长的林海公路,山清水秀、云雾缭绕、空气清新,跑起来十分轻松。美景当前,他不禁停下脚步,到山溪边洗一把脸,喝上几口清冽的山泉水,不知不觉疲劳尽消、精神焕发。

山上种的树木多元化,也叫混交林,毛竹、杉、松等种类繁多,都是有价值的树种。在山上和山溪里,不时见到森林里的"居民"出没——蛇、山鸡、麻鹰、野兔、鱼类等。当地居民靠山吃山,还要养山,每年砍伐的竹木不少,种下的林木也不少,青山依旧,四季常绿。

他不禁在心里感叹:只有青山在,才会绿水流啊!

他深有感触地说,如此优美的大自然环境,不正给人们传递一个不容忽视的信息吗?如果人类破坏了大自然,大自然必定会加倍惩罚人类的。

他回想着长跑路上的所见,有些地方只建楼房商铺,而不种花草树木,人们生活在名副其实的"石屎森林"里;有些地方树木很少、河流干涸、气候恶劣,一旦遇到大风,便是满天风沙;有些地区几乎连一棵可成材的树木都找不到,只有杂草丛生,当地人为了眼前利益,把树木砍光,只剩下一个个凄凉的树头……

一幕幕如电影般在脑海掠过,他是多么痛心!他多么希望人们能来到这里参观学习,重视大自然的生态环境,在公路旁、街道上种上花草树木,为荒山披上绿装,造福子孙后代……

金山银山，不及绿水青山啊！

长跑第十一天下午两点五十分，他终于跑到了让他魂牵梦绕的黄河边。

中华民族的摇篮！

"她"孕育了五千多年灿烂的华夏文化，哺育了一代又一代的中华儿女。

"她"是华夏民族精神的象征啊！

看着奔流不息、汹涌向前的黄河水，他思绪万千，情不自禁地向着黄河高声呼喊："祖国母亲河万岁！"人生第一次站在黄河边上观看祖国母亲河，他激动得流下了热泪。

（五）

"过了驻马店以南，土质结构就不同了。一路南下有很多小山坡、小平原。山上有葱郁的树木，大小河流开始有水，山边和平原都种上了水稻。小池塘里养着鱼，水面有几只老鸭。这种情景有点像江南水乡。看样子，风沙扑面、辣椒面条的日子即将过去，大鱼大肉饭热菜香的日子马上来临。"他在日记中写道，流露出一份向往与欣喜。

长跑对体力的消耗非常厉害，"吃"确实是一项最重要的物质支撑，吃得好有助于体力的恢复。"吃"有时成了长跑路上的一种幸福的愿望。

所幸到了入秋季节，当地许多新鲜水果上市，农民纷纷将农产品拿到107国道两旁摆卖。一路上，他品尝到许多新鲜便宜的水果，大饱口福。

"洞庭湖的湖光山色尽收眼底。渔民撑小舟撒网捕鱼，白鹤在湖面上空飞来飞去，构成一幅优美的渔家乐画面。"

"远望岳阳楼景区如诗如画，与岳阳市区高大楼房隔湖相望，简直是个世外桃源、人间仙境。"

"洞庭湖一带是湖南的黄金宝地，也是名不虚传的鱼米之乡。它不仅是鱼虾繁多，而且是稻米之乡，是江南一个大粮仓。一路上看见水稻杨花，丰收在望。在湖边放牧的耕牛，不时有几只白鹤站在牛背上，和平共处、互不干扰，好一幅大自然美景。"

....

他用脚步丈量祖国大地的同时，也用日记的形式把长跑路上的故事、所见所闻、风土人情及沿途如诗如画般优美的风景和壮丽山河记录下来。

读完小学一年级，由于家庭经济条件不允许，他只能辍学。后来家里人看他实在太喜欢读书，省吃俭用让他继续读完小学。读书期间，他借了很多书回来看，《三国演义》《水浒传》《济公传》等书上的历史典故和人物他早已耳熟能详、朗朗上口了。

每到一处，他对当地的历史人物和典故都能如数家珍。他还抽空参观了齐白石故居、岳飞庙等。由于赶路，多处的名胜古迹、名人故居等无缘一睹风采，他还是有些遗憾。

他终于实现了小时候的愿望，把自己的汗水挥洒在祖国大地上，同时也把自己不畏艰难、坚韧顽强的精神镌刻在祖国的山河大地上。

一路上，他"迎奥运"长跑的壮举得到了不少好心人的支持，他们为他送食物、水、水果。

一个具有爱国之心的人是处处受欢迎受爱戴的！

他跑到湖北山坡乡时住在一间旅馆，得到待他如上宾的旅店老板秦先生的关照，丰盛的饭菜招待，陪他下象棋，还送给他一张十年前的相片和一枚古铜钱作为留念，第二天还冒着细雨和他一起慢跑送行，依依惜别。

在其他饭店吃饭时，还有一些素不相识的人为他结账……

"假如我有一些能力的话，我就有义务把它献给祖国。"

爱国之心是很多人都具有的！人人心中都拥有这份崇高感！北京奥运会的举办得到全国人民的支持，许多人都愿意并且希望能为他的"迎奥运"长跑出一点微薄之力。

（六）

2002 年 9 月 28 日，历时 35 天，全程 2500 公里的"迎奥运，北京—大沥"长跑完成，谢灼秋人生第一次长跑极限挑战成功。

从 2002 年至 2010 年，他一共进行了 9 次长跑，历时共 129 天，总行程 9352 公里，他在佛山各大"跑圈"都是名气极响的人物，被大家尊称为"佛山神鹿"。

2010 年 9 月，时年 68 岁的他完成"北京—大沥"迎亚运健身长跑后，由于年龄原因，决定"封鞋"不再全国跑，但每天依然坚持跑 10 公里。

跑步已成为他不可或缺的一种生活方式。

强身健体的同时，也宣扬着一种全民健身的观念。

通过业余自学，他还掌握了摄影摄像技术，谢边村或谢边学校有重大项目，他便义务当摄影记者；哪家有婚礼喜庆，也邀请他帮忙拍摄、录像，他还有一个把录像刻成光碟的"工作室"……他把自己的退休生活过得丰富多彩！

社会主义核心价值观开头的两个字就是"富强"。

"富"就是把对未来美好生活的向往根植于内心，让自己的生活充实、有劲头、有希望……

"强"就是在内心深处雄赳赳、气昂昂，提起精气神，在心里安装一台强大的"发动机"，支撑着自己的生命力，健康、长寿……

他的退休生活，不正是有力地阐释了这两个字吗？

他身上所展现出来的，不也正是这种新时代的精神吗？

传统文化的传播者

（一）

兢兢业业、以传统美德育人的罗来弟受到师生们的一致爱戴，被评为"2013—2014年度佛山好人"。荣誉面前，她淡然一笑，说："我只做了我应该做的。"

多么质朴的话！一如她朴素的外表，更如她纯善的精神世界！

2006年暑假，同事们都外出饱览祖国大好河山之际，罗来弟却毅然留下来，参加为期五天的中华传统文化学习班。

"只有不会教的老师，没有教不好的学生。"学习班上，第一次听到这句话时，她内心被深深地触碰到了。

当时的教育体制所呈现出来的普遍状态是强调学习、追求成绩，对学生的思想道德品质、行为习惯等方面的教育缺乏足够的重视。

她回想过去二十多年来的教学生涯，日复一日地为学生传授知识、灌输文化，却独缺了授予他们做人的道理，对于孝、悌、仁、爱、礼、义、信等的道德素养教育少之又少。学校尽管也开设了"思想品德"课程，却大多被主课老师占用，品德课程形同虚设。

如此的教育环境下，出现了一些思想品德、行为纪律上的"差生"。他们不尊重父母，经常迟到、旷课、打架，甚至辱骂老师，学习成绩更是一塌糊涂。他们屡教不改，老师对其进行责骂、处罚均无效后，便干脆采取听之任之甚至放弃的态度了。

这些所谓的"差生"，大部分是外来打工子弟，他们的父母大多忙于生计，根本无暇顾及他们的学业和教育，把教育的希望全寄托于学校和老师。

"人之初，性本善。"每一个孩子都像一块无瑕的白璧，清净无染。他们与生俱来的天性都是纯善纯美的，出现品德行为上的偏差，根本原因在于家庭教育的缺失及学校教育的不当。作为一名人类"灵魂"的工程师，对这些所谓的"差生"放弃教育，将来他们一旦离开校园走向社会，谁能保证不会成为社会问题呢？怎样才能尽职尽责地教好每一位学生？自己当老师的价值到底体现在哪呢？体现在教出一些学习成绩优异的学生吗？

··········

一连串的问题像波涛一样拍击着她内心深处的海岸线，让她久久不能平复。

通过五天传统文化封闭式的学习，她收获了太多太多。自己好像被推到"灵魂"的高枝上，一下子看清了以后的方向和目标。

是的！对于这些"差生"，受歧视、责骂、体罚似乎已成为他们生活的常态。其实，他们内心深处更需要父母师长的爱。她要用爱心一点一滴地滋养他们的心灵，用博大精深的中华优秀传统文化感染、启迪他们，然后点燃他们的梦想，让他们先成人再成才……

二十多年教师生涯，直到那天，她突然觉得自己一下子找到了人生的价值——开设一间义教学堂，让有需要的孩子接受传统文化的熏陶，在国学的浸染中成人成才。

（二）

她把自己的想法向身边的同事好友说起时，他们都劝她，理想与现实总是有距离的，凭一己之力去办义教学堂，谈何容易呢？纷纷劝说她放弃"不切实际"的想法，把心思放到教学工作中。

外表瘦小柔弱的她，却有着一颗坚强的内心与坚定的意志。一旦决定的事情，只要她认为是正确的，哪怕面临再大的困难，她都要义无反顾地做到、做好。

罗来弟的无私与大爱精神，终于感动了一个人。她不但把自己一幢空置的三层楼房免费提供出来作为办学点，还表示愿意协助她开展义教工作。

学堂命名为"明德学堂"（2014年纳入佛山市爱助会，作为其中的一个公益项目，更名为"孝义学堂"）寄寓着她对孩子们殷切的期望之情：树明德之心，做明德之人。

"明德学堂"招收的大部分是外来务工人员子弟，有的来自困难家庭，有的来自单亲家庭。由于家庭等方面的原因，他们中有部分是难以管教，甚至学校都拒绝接收的"问题"学生。罗来弟向他们敞开了温暖的怀抱，接纳他们，用爱心、用包容心、用传统文化的熏陶，把他们从偏离了正常"轨道"的远处慢慢拉回来，拉回来，拉回自己的身边，让他们回归学校、回归家庭，让他们身心健康地快乐成长，成长为一个"明德"之人，将来对社会、对国家有用的人。

每逢周六，罗来弟早早便来到学堂，迎接她的孩子们。

她穿着朴素的中华传统服装，站在学堂门口，脸上露出慈爱的笑容。她的笑容就像冬日一束和煦的阳光，温暖着孩子们的心灵；又像春天的雨露，润泽着他们的心田。

孩子们陆续到来，她一个个地为他们整理被风吹乱的头发，把反的衣领翻过来，把扣错的纽扣重新扣在正确的位置。孩子们静静地站着，默默地享受着这慈母般的温情。她又给他们一个充满温暖的拥抱。刚开始的时候，孩子们都觉得很不自然，以前从来没有老师这样拥抱过他们。逐渐地，他们习惯了，看到罗老师站在学堂门口，会主动上前拥抱她，还不忘向她深深地鞠躬。

孩子们周六一整天都在学堂度过，午饭也在学堂吃。家长送孩子来的时候，会自发地送来一些米、油、盐、蔬菜瓜果。在学堂，罗来弟提倡孩子们吃素。她觉得素食不但使身体更健康，还可以长养孩子的爱心和善心。

孩子们到齐后，她就开始给他们分派任务，有择青菜的、洗菜的、切瓜的、掰玉米粒的、泡香菇的、扫地的、擦桌椅的，分工合作，既锻炼孩子们的动手能力，又让他们在劳动中体验生活。当然，有的并不配合，不愿意动手去做。她不批评这样的孩子，而是自己去做孩子们该做的那份。下周六还是把任务分给他们，他们依然不做，她继续替他们完成。一直到他们终于意识到，老师分派的劳动任务他们是必须完成的。

八点钟，开始上课。她带着大家一起诵读《弟子规》《三字经》。围绕"知孝""学孝""行孝""日行"等，通过经典德育故事、讲课等形式，让孩子们懂得人生的意义和价值，如何才能活得更快乐，在礼义孝谦智等方面怎样践行道德规范……

中午的时候，又让孩子们自己动手煮饭。通过自理让他们找到自己的价值。吃着通过自己劳动做出来的饭菜，他们都觉得特别的香。

吃饭前，她还带领孩子们念诵餐前感恩词：一粥一饭，当思来之不易，自奉必须简约。客切勿流连，厨中有剩饭，路上有饥人。感恩天地滋养万物，感恩国家培养护佑，感恩父母养育之恩，感恩老师辛勤教导，感恩同学关心帮助，感恩农夫辛勤劳作，感恩所有为这顿饭付出的人。作为饭食之德，通过长期坚持念诵餐前感恩词，很好地激发了孩子们的感恩之心和善良之心，渐渐地，他们也懂得了回报。

饭后，孩子们自觉把碗筷洗净、打扫卫生，然后午休。下午又继续传统文化的学习。抄写《三字经》，观看《二十四孝故事》《中华德育故事》动画片，里面蕴含着大量的孝道、伦理道德、风俗礼仪、人文智慧、成语典故等中华文化精髓，既生动有趣又具有深刻的教育意义。

罗来弟十年如一日地坚持义教学堂的办学，弘扬中华民族优秀文化，用她慈母般的爱心循循善诱，润物细无声地感染着每一位孩子。

有一位十分顽皮的男孩，性格暴躁，对同学特别凶，同学望他一眼就要被打骂，他经常把一些刀枪玩具带回学校，大家都十分怕他。已经到了被学校劝退的地步。

父母为他伤透了脑筋。他们慕名来到"明德学堂"，说明来意。罗来弟欣然接纳了这个男孩。

第一天在学堂上课，他就把几个孩子打哭了。罗来弟并没有责骂他，牵起他的手，亲自把他带出课室，带到厨房，让他和自己一起淘米煮饭、炒菜。吃饭的时候，她问同学们，大家知道这顿香喷喷的饭菜是谁煮的吗?孩子们异口同声地说，是罗老师煮的。她无限慈爱地抚摸着男孩的头，说："这顿饭呀，是由这位同学协助老师煮的。大家应该怎样表达自己的谢意呢？"

"感恩罗老师！感恩同学！"

男孩充满怒容的脸上先是诧异，当看到同学们发自内心的满脸真诚，当中还有被自己打哭的几个同学，他不好意思地低下了头，面容渐渐变得柔和，似乎还有一些腼腆。以前，同学们都怕他，像躲瘟疫一样躲避他，更别说像今天这样表达对他的谢意了。在他小小的心灵里，似乎找到了一种比打架更有意义的事情，虽然他还说不出这意义到底体现在哪里。

从那天开始，他的刀枪玩具再也没带回学堂。虽然他在课堂上还不是很认真，老师在讲传统文化，他的思绪会越过教室，飘到很远很远的地方，但他没有影响别人，也不再打骂同学。每到周六，他早早来到学堂，争先恐后地劳动。每次罗老师带着孩子们去敬老院、孤儿院活动，他总是表现得最积极。

当他再次回到学校时，遵守纪律、尊敬老师、关爱同学，学习成绩也逐渐提升。在家也懂得尊敬父母，还力行做家务。大家都说他像换了一个人，觉得太不可思议了。

在罗来弟心里，他的变化不足为奇。对待送进学堂的孩子，她就像是对待自己的孩子一样，哪怕再难教，她从来没想过放弃。她以自己高尚的人格魅力对他们潜移默化，把优秀传统文化的种子播撒进他们的心里，然后生根发芽、开花，直到结出善美的果实。

为了让孩子们持之以恒地践行传统美德，她教导孩子们不但要在学堂学习传统文化，回到家里更要做到"力行"：每天坚持诵读《弟子规》《三字经》；承担一些力所能及的家务，教导他们为家庭付出也是行善的一种方式；为爸爸妈妈、爷爷奶奶洗脚捶背……

为了有效落实，她还制订了"日常力行表"，让家长把孩子践行的内容记录下来，每周六带回学堂，她逐个批阅，写上评语。

罗来弟是一名在职教师，星期一至五在校兢兢业业，难得的假期，她却把周六整天的时间无私地奉献给学堂的孩子们，工作还做得如此细致认真。

多么崇高的品德！多么难能可贵的精神！

她的内在有一种情怀，帮助生命成长的情怀。她坚信来到身边的每一个孩子都是一朵花，绽放是必然的！

（三）

经过几年传统文化的熏陶，"明德学堂"的孩子变得懂礼孝顺、尊敬师长、关爱他人、勤奋好学。他们身上所呈现出来的优良品德，让那些当初抱着怀疑态度的人，态度上有了一百八十度的大转弯，希望把自己的孩子也送到学堂。

实践已经证明，中华优秀传统文化在启迪孩子心性，培养良好品德，乃至建立正确的人生观、价值观等方面都具有良好的促进作用。罗来弟想：自己作为一名在职教师，何不在工作岗位上弘扬传统文化，让更多的孩子受益呢？

傍晚放学，当夕阳把一抹金色的余晖涂抹在教室的窗台上，罗来弟开始带着学生诵读《弟子规》。琅琅书声引来了其他班级学生的围观，有的还不知不觉地跟着诵读起来。琅琅而富有韵律的诵读声犹如一曲令人陶醉的悠扬乐韵，飘荡在校园上空。诵读的场景成了校园里一道独特而迷人的风景线……

开始的时候，学校领导并不赞成她的做法，按传统的教学观念，放学了就应该让孩子回家做功课，就算是留校，也应该为他们补习考试的课业，而不必把时间"浪费"在不该"浪费"的地方。

为了能够在弘扬传统文化的道路上顺畅地走下去，极少"求"人的她三番五次地来到领导办公室，柔和却坚定地向他们解释，《弟子规》是中华传统文化的优秀资源，通过诵读，学生不仅可以感悟中华民族语言文字的魅力，增长知识，提高口头和书面表达能力，还可以培养他们良好的文明礼仪，让他们懂得孝道和师道的重要性，更让他们减少浮躁之气，令他们心境安宁，有利于培养他们良好的心态，从根本上摒弃那些不良风气。对于学业不但没影响，反而有很好的促进作用。

她所任教的班级，自从诵读了《弟子规》，无论是同学们的道德行为规范还是班风、学风都有了明显的改善。

校领导通过开会讨论，不但认同了她的做法，还专门开设了一个实验班让她担任班主任，从一年级带到六年级。

在实验班，她不但让同学们从小就在传统文化的氛围中浸润成长，还引领着家长们共同成长。一年级上学期她就要求家长每天带着孩子诵读《弟子规》，一至两个月达到熟读的程度。

一个学期下来，为孩子们开启了一扇心灵之窗，在他们的心田里播下了中华民族传统美德的种子；孩子们通过《弟子规》的诵读，拼音过关率、识字率明显比别的班级都要高。

一年级下学期，除每天在家继续诵读《弟子规》外，她还要求学生在学校观看《中华德育故事》后，回家讲给家长听。传播传统文化的同时，又很好地训练了同学们的语言表达能力、作文能力等。

"教育不能单把眼睛放在孩子身上，还要放在自己和家长身上。"罗来弟认为：要成为一名好教师，必须要读懂自己、读懂家长、读懂学生。读懂自己是指了解自己有什么缺点，不断改正，做学生的榜样；读懂家长，是要了解家长对学生的要求，引导家长教育孩子；最终目的是要读懂学生，促进学生健康成长。

为了使家长对优秀传统文化有更深入的理解和认知，她每月举办家长学习班，在弘扬传统文化的道路上，让家长跟着自己的步伐前进。

学习班上，除了弘扬传统文化，她还别出心裁地开展亲子活动。

在学校的操场边搭建炉灶进行野炊活动。从一年级开始，家长们就带着孩子们野炊，既增进了亲子感情，又很好地锻炼了孩子们的动手能力和协作能力。到了四年级，学习班上，家长们在教室安心听罗老师的传统文化课，同学们已经可以独自动手煮饭、炒菜。课听完了，饭也煮好了。家长们吃着孩子们做的可口饭菜，脸上洋溢着的都是满满的幸福。

感动人心的歌声《跪羊图》《时间都去哪儿了》在教室里响起来，孩子们有恭恭敬敬地为家长洗脚的，也有喂饭的。家长们回忆着自己在孩子们小时候为他们做的事情，现在由他们为自己做了，内心被深深地触动，禁不住热泪盈眶……

羊羔跪乳、乌鸦反哺！她希望通过这些亲子活动，让孩子们懂得孝顺父母，感恩他们的养育之恩。

实验班的同学孝顺父母、尊敬师长，兄弟姐妹团结友爱，回家主动承担家务，学业不用父母操心……良好的口碑在班级、在学校、在社会上传播开来。

（四）

在弘扬优秀传统文化的路上，她不断学习、不断探索，力求找到更好的方法。

在学堂，过去只是小孩子学，没让家长一起参与。她觉得收到的效果还不够理想，便想出一个办法——"小手拉大手"。

白天由于工作、生活的原因，家长们都难以与孩子们一同到学堂上课，她想到利用晚上的时间。每到周六，孩子们白天来学习，晚上就牵着大人的手到学堂。孩子们阅读经典，家长们观看蔡礼旭老师主讲的《弟子规四十讲》光碟。观看后互动，分享、抒发个人的理解、学习心得，最后由罗来弟做总结，并引导大家如何在生活当中践行、落实《弟子规》，做孩子的表率。

通过"小手拉大手"活动，家长们的道德文化修养得到不断的提升。孩子看到父母的改变，对他们的敬佩也日益剧增。家长在学习的过程中，与孩子共同成长的同时，由于人生阅历的丰富，加上自己成长起来了，又可以反过来引领孩子的成长。

有位平时对公婆不孝的妈妈，当看到蔡礼旭老师讲解有关孝道的内容时，默默地流下眼泪。大家一起讨论互动时，当着众人的面，她还在台上做了忏悔：儿子不孝顺自己，经常顶撞自己，惹自己生气，今天才明白，根源出在自己身上，是自己对公婆没有尽孝道，以后一定要做孩子的榜样，尽心尽力孝顺家中的老人。看到泪流满面的妈妈，男孩默默地走到她身旁，说了一句："妈妈，我错了……"

为了给有需要的孩子创设一个更良好的氛围，她还专门免费开设了传统文化夏令营。

早上5点多起床洗漱后，她带着孩子们到附近的基围，迎着晨曦、吹着河风跑步。孩子们看着小草被阳光一点点地照"醒"，听着小鸟在枝头上快活歌唱，内心充满了喜悦，一天的能量就在大自然中被激发出来了。

晨运结束后孩子们自己动手煮食。早餐过后，8点开始学习《弟子规》《三字经》等国学经典。午饭也是由孩子们力行完成，饭后午睡，下午继续学习，傍晚6点晚饭后，就不准吃任何东西了。饭后在晚霞夕阳中散步，晚上9点准时熄灯睡觉。

她严格按照天时气候让孩子们作息，饮食上以健康素食为主，加上每天适量的运动，孩子们个个都很健康。

有位经常感冒发烧的孩子，家长纠结是否送他来时，罗来弟信心十足地说，把他送过来吧，夏令营结束时，出现在你面前的将是一个更健康、快乐的孩子。

孩子们在夏令营不但学习国学经典，还锻炼了身体，强健了体魄，锻炼了动手和应变能力。

为了让夏令营的生活更丰富多彩，还举行一次野炊活动。为了确保安全，罗来弟安排了两位家长陪同前往。

大家来到附近的河滩上，用砖块架起三个炉灶。罗来弟教导孩子们要互助互爱，大的孩子要先煮给小的孩子吃。

小的孩子刚吃完饭，本来晴空万里的天空却突然刮起了大风，把所有的东西都吹翻了，还下起了大雨。河滩上只有几棵小树，没地方可躲藏。大的孩子纷纷张开双臂，护着年纪小的孩子，自己却被淋得浑身湿透了。

雨终于停了。不可思议的是，居然还有一个灶没有熄火。罗来弟不失时机地从正面引导孩子们：由于大哥哥、大姐姐有爱心的付出，煮好的菜让弟弟妹妹们先吃，还照顾你们不被雨淋。他们都有一颗仁爱之心，感动了天地，这个没有被淋熄的炉就是让他们可以炒菜吃的。

通过这次野炊活动的体验，既锻炼孩子们的动手能力，提升了他们的应对能力，又进行了一次很好的"善良教育"。

结营那天，她邀请孩子们的家长来听课，然后一起到敬老院进行慰问活动。

看到自己的孩子变得健康快乐、懂事有礼、孝顺善良，家长们都非常感激罗来弟老师的无私与大爱。

是啊！为了让孩子们更好地成长，当同事们利用假期外出旅游时，她却留在学堂，教孩子们孝道、行善；教他们生活中的常识；给他们传递积极人生的意义……她整天陪伴着孩子们，甚至每天晚上都要起床几遍照应他们。她累吗？我想，对于一个接近五十岁的人，身体上肯定是累的。但我肯定，她的内心是快乐的！

她虽然没有外出旅游，却用另一种形式在人生的境界、心灵的探索中旅行了一趟。她肯定是快乐的！从她经常挂在脸上的笑容，那像冬日和煦的阳光又像凝聚着晨露的鲜花一样的微笑，是一种来自灵魂深处的充盈而富足的微笑！

（五）

有人问她，你忙于弘扬传统文化，怎样才能平衡工作、家庭与公益事业呢？她平静地说，关键在于你的那颗"心"，只要减少娱乐、外出吃饭、喝茶、旅行的时间，时间就显得充裕了。

多么简单质朴的话啊！一如她的外表，也如她高尚的品格！

中华传统经典文化教育的感染力是巨大的，为了让更多的孩子受惠于传统文化教育，她决定让传统文化走向更多的校园。

她来到城中小学，为该校四、五年级的同学上"知恩、感恩"课，带领同学们高唱中华人民共和国国歌。她用独特的授课方式，耐人寻味地引导同学们"知恩、感恩"，感人肺腑的话语触动了他们的心灵，孩子们不禁生起感恩之心。她把感恩教育活动与社会主义核心价值观结合起来，让同学们懂得心怀感恩的同时又立志成才。

面对广大家庭，她定期举办公益家庭教育讲座，以家庭伦理之道为主题，希望用传统美德感化更多的家庭，让家庭关系更和谐幸福。

她多次到周边城镇各村、南海西樵、顺德龙江、罗定等地进行公益讲座，希望社会上更多的人关注传统经典教育，重视传统美德，从而构建和谐社会。

面对村里和社会上的孤寡老人，她经常嘘寒问暖，从生活上对他们无微不至地关爱，还经常带着学生到养老院探访老人，逢年过节，她给他们发礼品、红包。让孩子们表演节目，为老人们孤独的晚年生活带去幸福与欢乐……

她在公益的道路上找到了自己人生的价值！

无私奉献，成了她人生的主旋律！

她所展现出来的人生价值，是用高尚的人格魅力和身体力行造就出来的！

她淡泊名利，一心只想在传播中华优秀传统文化的路上越走越远。当她被评为"2013—2014 年度佛山好人"时，有人却说起了闲话："原来她是为了出名啊。"

面对闲言碎语，她一笑置之。通过这些年在博大精深的中华传统文化中的浸润，她努力培养自己上善若水的品格，要求自己以一种"泛爱众而亲人"的态度去对待身边的人和事。

（六）

她用实际行动影响着身边的人，不但学生受感染，学校的老师之间也变得更和谐。同事们以她为表率，工作中乐于奉献。教师志愿者队伍不断壮大，他们努力践行传统美德，互助互爱的风气在校内蔚然成风。

在教师工作岗位默默耕耘三十多年，传播传统文化十多年，她迎来了人生的退休年龄。辛苦了这么多年，把大部分节假日时间都放到公益事业上。很多人以为：到了这个时候，她总该歇下来，含饴弄孙，好好地陪伴家人了。

禅城区教育局出台了一项政策，凡通过考核条件的退休教师可以入册返聘。她完全符合返聘条件。

她的内心有个声音响起来：弘扬中华优秀传统文化的使命难道已经完成了吗？自己不是一直希望让更多的孩子接触传统文化吗？这不正是一个良好的机遇吗？

对！应该到不同的学校应聘，继续教育工作的同时，传播中华优秀传统文化。

她决定再次把人生的光和热散发到更有意义的地方！

她还与时俱进，利用业余时间不断外出学习，提升自己。她说："社会在进步，我必须不断地学习成长，跟上时代的步伐，才能更好地在弘扬传统文化的路上走得更宽、更远……"

她希望身边有更多的人加入传播传统文化的行列。有位在学堂协助她上课一年多的义工，她觉得她无论在能力和思想境界上都可以传播传统文化，就鼓励她在西樵也开了免费国学班，教学内容与"明德学堂"同步，教材、课程等与南庄的"明德学堂"资源共享。

她通过自己心中的梦想，引领他人，点燃别人的梦想，大力弘扬中华传统文化，使光耀中华几千年的人文之光能够薪火相传……

生命不息，演讲不止

（一）

2002年，一批来自全国各地市的领导干部到中央党校学习，吉林四平市委党校张亚芬的突出表现，引起广东省江门市一位领导的青睐，希望她到江门工作。与她关系不错的另一位来自佛山的同学却告诉她："佛山与省会广州距离近，条件比江门好，佛山市委正准备在全国范围内招聘人才呢。"

当时的张亚芬已经48岁，在吉林四平市委党校，除了校长，她的工资和职位就是第二了，正教授也评了。眼看孩子就要大学毕业，她一直希望能到广东改革开放的前沿阵地发展。作为一位母亲，她是有私心的：孩子一个人过去她不大放心，何不趁此机会，挑战一下自己，先去广东，立稳脚跟，有了大本营，孩子过去就有了保障。

如果选择了舒适、安逸，放弃努力、挑战，也就错过了成长的机会，放弃超越生命的可能。

她愿意与孩子共同成长！

很多人都劝她别折腾了，但骨子里头与生俱来的不安于现状、喜欢挑战自我，让她毅然向学校请了假。获得批准后，她拿着档案资料和一大堆科研成果，第一站就来到了佛山。

当时正是佛山党校五十周年校庆，需要引进一名教授专家。应聘的有来自全国各地的四百零六名高端人才，其中不乏博士生、硕士生，年龄都比她小。明显地，无论在学历还是年龄上她都不占优势。

慈爱的母亲从小就教育她："人活一辈子，一件事情，你做好它也要时间，做不好也同样需要时间，干吗不把它做好呢？"看似简单的一句话，却深深地烙印在她的心灵深处。在良好的家风熏陶下，她从小就立下高远的志向，同时又学会如何脚踏实地把事情做好。

就是从小养成的这种"不服输"的精神和竭力成就每件事情的家风家教传承，让她在四百零六名应聘者的面试和考核中脱颖而出，成为唯一被录取的教授专家。

这时，她才想起在黄山旅游时，一位算命先生对她说过的话："你与佛有缘啊。"她当时百思不得其解：自己并没有宗教信仰，怎么会与佛有缘呢！原来，算命先生口中的佛是佛山的"佛"啊。

在接近知天命的年龄，命运之神安排她来到一个新的地方，开启了人生的新篇章。

（二）

2002 年 11 月 23 日，一列火车从吉林开往佛山。带着对未来的期许，张亚芬坐上了这趟火车。

火车在夜色中奔赴前方，她躺在卧铺上，思绪又回到了当年——从延边大学政治系毕业，被分配到一所普通中学当政治老师。

一个偶然的机会，她代表学校参加教育局演讲比赛。大年初一，家里人都在温暖的屋子里吃饺子，她却一个人躲在煤棚里，对着镜子一遍又一遍地练习演讲，凛冽的寒风扑灭不了她心中火热的激情。

她把母亲的教诲铭记于心，"做事情就要把它做好"。她不但做好，还要做到极致！演讲比赛从教育局到市到吉林省，层层选拔，她都能脱颖而出，顺利进入决赛。

她到省里参赛的演讲题目是：谁是最可爱的人——改革者。其他参赛者都是讲自己，唯独她是讲别人的故事，却让评委们感动落泪。

最终的结果，她获得了一等奖。由十个获奖参赛者组成巡演组在省里巡演，其他演讲者有些本身就是英雄模范，有些是老师讲自己学生的故事，唯独她讲的是改革者。

在全国的演讲比赛中，张亚芬又获得了大奖，这在当地是史无前例的，引起了市领导的重视，把她从一名普通的中学教师调到了市委的讲师团。

命运开始转折，人生的轨迹也发生了改变！

到省委讲师团培训半个月，仅有一个星期的准备，她就开始给机关领导上课。偌大的礼堂，年仅 32 岁的她，面对着 800 多名比自己年长的领导干部讲"领导科学"这门高端课程。她会紧张吗？

不会！

她镇定自若地站在讲台上，平静地望着讲台下面：有看报纸的、有窃窃私语的……从他们偶尔投过来的带着几分不屑的目光，她似乎已经解读到领导们心里的想法：这么年纪轻轻的姑娘，也没当过领导，有什么资格给我们讲"领导科学"呢？

她微微一笑，嘴角不经意地扬起一份自信、一份从容、一份淡定。当她把那些枯燥的理论变成富有激情的演讲语言，才开口讲了几句，领导们就不再看报了，也不讲话了，掌声轰然雷动……

她用一种创新的方法，把理论知识以演讲的形式呈现出来，大胆地亮出自己的观点，把案例融入其中，引导大家随着观点和思路去思考，把大家的精气神凝聚起来。

第一节课结束了。全体领导干部不约而同地站了起来，热烈鼓掌，经久不息的掌声就是对她高度的肯定与赞赏。

她心潮澎湃，自己的人生价值从此就定位在演讲台上了！

这就是人生出彩的地方！

（三）

24号早晨，列车到达广州火车站。如北雁南飞，从银装素裹的北国来到秋意浓浓的南方，清晨的一缕阳光照在她的脸上、身上，仿佛一首昂扬向上的歌曲激荡在她的心头，她感觉无比喜悦与激动。人生又将迈入一个新的阶段。

作为特殊人才被引进的她，刚到佛山，就收到了安家费、人才引进费、住房补贴等多项补贴。她用住房补贴在佛山买了房，从此就在佛山安顿下来。无论是工资待遇还是工作环境，都让她有一种心旷神怡的感觉，走上了人生事业的一个大舞台，她觉得人生更广阔、更舒展了。她以更大的热情投入到工作中，参加各种论坛，创造出许多优秀的科研成果，勤勉出色地在工作岗位上直至退休。

2010年，张亚芬教授退休的消息不胫而走，广州、珠海的两所大学争相聘请她去讲课。有一所大学开出了每月8000元底薪，讲课费另算，还配上100多平方米的房子等优厚条件。她在心里想：自己48岁来到佛山，在众多应聘者当中，无论是年龄、性别还是学历等方面都不占绝对优势，却是唯一被录取的。她深深地感受到佛山人博大包容的精神和宽广的胸怀。

她又想起母亲曾经的教诲：做人一定要饮水思源，懂得知恩报恩！

佛山接纳了她，给予她施展才华的广阔舞台。在自己有生之年，可以做一些什么事情去回馈佛山人民呢？是的！应该做一些自己擅长的，佛山又是比较欠缺的事情。

参加"品牌中国"活动时，作为嘉宾的她发现：长三角的企业家比珠三角的企业家口才好、表达能力强。广东人敏于行而讷于言,尤其是佛山,近年来涌现出不少优秀的企业家和品牌企业,但文化内涵却比较薄弱。

语言表达能力不但影响个人形象,还影响一个城市的形象,提升人们的口才表达能力,为佛山提升城市软实力,打造亮丽的城市名片!

一份崇高的使命感在张亚芬的心底升腾起来!

如果说,当初来佛山是为了孩子的前程、为了自己的事业、为了对美好生活的向往,在佛山工作、生活了八年后的张亚芬已经把自己完全融入佛山。在她心中,佛山就是她的第二故乡。

(四)

在她温文尔雅的外表下,藏着一股"韧劲"。就是这股劲,让她在认定了的事情面前,勇往直前地坚持下去。

2011年,张亚芬参与了广东省演讲学会的创会,成为广东省演讲学会的副会长。

经过两年多的探索,在各界朋友的支持下,2013年6月9日,"佛山演讲学会"终于成立了。

她亲自给企业家们上课,不但给他们亲授演讲的艺术,教他们如何通过口才发挥语言魅力,从而在商业谈判、在各种场合中站上制高点;还引导企业家们担当起时代赋予自己的使命,让个人的命运与时代和祖国的需要、人民的需要同频共振。在思想境界上提升他们的格局,让他们拥有一个更广阔、更高远的人生,实现人生价值最大化,在这个波澜壮阔的伟大时代,不仅要创出丰厚的物质财富,还要创造丰富的精神财富。

为社会贡献越多,所实现的人生价值、生命价值就越大!

除了给企业家授课,她还以"佛山演讲学会"的名义开展了许多场公益活动:

设立"名师魅力大讲堂"，她通过个人关系邀请国内一些有名的演讲大师来到佛山进行公益讲座，让佛山人享受一场又一场的精神盛宴；

每月开展一期公益沙龙演讲交流会；

成立"红色演讲艺术团"，组织公益演讲比赛、朗诵、表演，走进基层，通过红色革命故事，让党员干部们深刻体会如今的美好生活都是革命先烈们用鲜血和生命换来的，要不忘初心、牢记使命；

跟一些企业单位合作，进行公益培训。有一家企业的一位中高层干部，外出学习后，领导让他上台分享，他无论如何也不愿意上台，如果一定要上台就宁愿辞职不干。参加了两天一夜的企业家特训营培训后，通过听讲与训练，他突破自我、战胜自我，大胆登台、敢于讲话了；通过思维训练和情景模拟等，他充分掌握了精彩的演讲规律，神态自若地上台分享，精彩纷呈，获得了大家热烈的掌声和赞誉。

张亚芬说，无论原来语言表达能力如何，参加培训后都可以获得很大的提升。那是对原有生命状态的一次突破，是对心理智能的一次激发，是对自己人生的一次超越，是对自己个人品牌价值的一次提升，也是对自己快乐人生的一次感悟……

有一名大学生，从来不敢上台讲话，也从不与人沟通。入读大学的第一天，老师让同学们自我介绍。轮到他的时候，他站了起来，呆呆地望着老师，同学们笑成一片，他也跟着笑，然后在笑声中坐了下去。通过特训营的训练，他的命运从此改变，不但与人沟通畅通无阻，毕业后还通过创业演讲成功创业了。

（五）

中国演讲协会常务副会长、中国著名演讲家颜永平在中国举行小演讲家特训营。"佛山演讲学会"成立后，作为会长的张亚芬希望能跟上全国的步伐，开展了佛山站的五天四晚小演讲家特训营。除了自己亲力亲为进行演讲训练，还邀请了颜永平亲临指导。

在特训营上，除了专业的演讲培训，她还渗透了传统文化思想教育，用传统文化滋养孩子们的心灵。

有一节是感恩课，她跟孩子们讲孝道，讲如何去感恩自己的父母。其中一个孩子，除了跟父母打电话要钱，就很少跟父母沟通交流了，家长所有的付出他都认为是理所当然的。自从上了感恩课，他的内心受到感染，主动给父母打电话报告在特训营的情况，说自己挺好的，让父母放心，还说自己由原来的特别爱玩手机变成了爱演讲。结营回去后，他还为父母做早餐、洗脚，把一对企业家夫妻感动得热泪盈眶，还给张亚芬发来了感谢信。

传统文化的教育是一切的根源，把这个根基打好，其他都顺理成章了！

还有一个孩子，以前非常胆小，从不敢上台。刚开始的两天坐在椅子上，没什么反应。她耐心地鼓励他，让他慢慢突破自己，他终于克服了困难，通过演讲口才，从容自信地走上舞台，绽放自我。后来他还参加了演讲大赛，不但提升了综合素质，学习成绩也提高了。

一位企业家看到孩子参加特训营后变化太大了，本来是6800元的学费，他又给张亚芬转来了3200元。他说，孩子收获太大了，这课程至少也值一万元啊。后来，这孩子参加在云南举行的国际演讲大赛，张亚芬又分文不收地给他辅导。

家长的认可就是她前行的动力！

一位将要移民英国的企业家曾经对她说："中国还有许多不完善、不完美的地方，移民到了英国，背后就是大英国，我和我的后代就有了强大的靠山了。"张亚芬义愤填膺地反问他："移民后，你背后真的是强大的英国吗？你不要忘记你的事业是从哪里起步的，是谁给了你足够的舞台，给了你足够的发展空间！我们不能忘本！更不能忘记曾经的历史教训！鸦片战争是怎么来的？永远不要忘记自己是中国人。无论走到哪里，我们的根永远扎在中国啊……"

是的！一个人只有把根深深地扎在他的祖国，只有在中华文化的熏陶下，形成自己的精神家园和心灵世界，才不会在灵魂深处去仰视别人。中华民族的复兴，除了物质文明、精神文明的复兴之外，更重要的是文化的振兴！

国家不但给企业家们提供了发展事业的广阔舞台，还培养了他们的后代。一些企业家的后代跟着父母移民到国外，他们又为家乡、为祖国贡献了什么？又将如何回报自己的祖国呢？

除了要提升他们的语言表达能力，更要培养他们的感恩心、爱国心。

她觉得自己责无旁贷！

特训营上，她给孩子们讲红军长征的故事，讲中华博大精深的历史文化。如果没有对中国历史的了解，对中华文化的了解，很难产生对中国的爱和认同；了解中国的历史和文化，内心自然会生发出对祖国的一份热爱。在孩子们心中有了爱国的根基，反过来就更能激发他们学习的动力。

她更加坚定了把这份事业进行下去的决心！

"佛山演讲学会"成立之初，她参加了华人演讲家"中国梦"欧美巡讲。演讲家一行到美国哈佛大学的时候，负责接送的司机是一位移民到美国的中国人。当他听说自己的同胞在哈佛大学演讲"中国梦"时，觉得中国人终于可以扬眉吐气了，激动得热泪盈眶。

在哈佛大学攻读博士学位的一位来自中国的学生，带着巡讲人员参观时，张亚芬问了他一个问题："为什么你们到了如此顶尖的一流大学，还要那样努力拼搏呢？"他说："哈佛是没有围墙的不夜城，晚上的灯从来不关。有些同学在上半场学到凌晨两三点，实在太困了，就在书桌上睡一会儿，四点多醒来又继续学习。这些留学生都非常刻苦努力，因为他们明白，只有掌握了高科技才能在产业中取胜，他们都要做这方面顶尖的专家。"

张亚芬说，高科技的发展是中国梦实现的路径之一，是经济发展的引擎，只有不断创新，发展高科技产业，有自己关键的东西，才不会受制于人，我们的工业产业才能屹立于世界民族之林，才能助推中国梦的早日实现。

如果这些在国外留学的高端人才心中没有对自己的祖国的热爱，中国梦在他们心中就没有了根基。他们只是为了自己所谓的"前程""前途"选择留在国外发展，没有回国加入国家的建设，又谈何助推中国梦的实现呢？

在欧美名校的"中国梦"巡讲，就是希望用中国梦的精神去凝聚这些在国外留学的青年一代，激扬起他们的爱国情怀，让他们担当起时代的历史责任，找到自己为国家、为人民建功立业的伟大使命！

（六）

2015年春节前夕，张亚芬从与小区保安闲谈中了解到，他的孩子放寒假从家乡来到佛山，由于工作原因，自己并没有时间陪伴孩子，由于收入有限又不敢带孩子去玩，学习培训就更谈不上了。这次闲聊给她的内心带来了很大的触动。

她想到自己曾经历过困难时期，自己也是从农村出来的穷苦孩子，尝过生活的艰辛和不易。她深深地知道：与物质相比，穷苦人家的孩子其实更需要心灵上的扶持。虽然物质生活穷苦，但只要从思想观念上改变他们，让他们获得精神上的富有，这些孩子同样可以绽放出人生的精彩。

她在心里暗下决心：一定要让这些孩子拥有精神上的支柱，给他们一种铺垫——一种人格力量的铺垫，灵魂上的洗涤。用"助魂工程"形成一种精神力量，最根本的是在他们心中根植一份善良、一份自信、一份坚强，让他们骨子里生发出一种力量、一种武器，去战胜自己，丰盈自己的心灵。

"做人要做好人，做事要做好事。"母亲从小的教导成了她的人格基调——时刻想着去使更多的人获利！

想法开始在她心中酝酿：从第二期开始，培训企业家子女演讲口才的同时，开办"佛山公益特训营"，给外来务工和弱势群体家庭子女提供口才培训的机会，让这些孩子提升表达能力，从而改变人生、改变命运。

内在的大爱让她生发出一种力量，并付诸行动。她把自己的想法和方案上报有关部门，很快就得到佛山市委宣传部、民政局的回应。获得政府支持的同时，她又协调企业资助，为外来务工家庭的孩子减免培训费用。

尽管是公益课，张亚芬仍格外用心。既组织孩子们听来自全国演讲家的讲课，又专门找来礼仪专家对他们进行演讲的专业素质训练；既开展丰富多彩的游戏活动，又穿插社会主义核心价值观的教育。

经过三天两夜的强化训练，孩子们不但增强了自信心，提升了语言表达能力，全面提升了自身素质，还深深地感受到佛山的风土人情、历史文化及语言魅力。中华传统文化和爱国主义的渗透教育，更是培养了他们的心灵，在他们小小的心灵里播下仁爱、善良、感恩、爱国的种子，为他们的人生打下了坚实的基础。

张亚芬激动地说："每一期的公益特训营，孩子们都让我惊喜地看到改变。看到小演讲家们茁壮成长，看到家长们信赖的眼神，看到孩子们洋溢在脸上的自信，看到他们内心的坚强，看到他们骨子里的坚韧，看到他们团队友爱中，从心底里流淌出来的善良，我就感到无比的幸福、快乐，无比的自豪和无上的荣光。"

她不仅不遗余力地培训这些外来人员和弱势群体家庭的子女，还搭建平台让他们施展才华。在"佛山演讲学会"成立的周年大会上，她让公益特训营的外来务工子女担任主持人，其中有一名叫李春明的，她组织"全国小演讲家培训"时，有人向她推荐这位来自四川的品学兼优的小男孩。当时名额已经满了，她决定即使是自己掏腰包也要帮这个孩子。孩子最终得到演讲培训的机会，由于表现突出，她还推荐他参加 2014 年 8 月在云南举办的第二届国际演讲大赛，他获得了一等奖。每次讲起李春明获奖的故事，她显得比自己获奖还激动。

这样的例子还有很多，一次机会就是一次命运的改变！在公益特训营上，甚至还有来自西藏的孩子。公益演讲的口才之花，开在了雪域高原上。她通过"佛山公益特训营"，为这些外来务工子女改变命运，给他们送去成就一生的宝贵财富！

她曾经向恩师李燕杰探询过这样一个问题："怎样才能成为一个出色的演讲家？"恩师回答她说："一定要先成为一个品格高尚的人，之后，才能成为一个真正的演讲家。"虽然过去很多年了，恩师的话依然时刻萦绕在她耳边，成为她人生的座右铭。

从 2015 年开始，张亚芬每办一期小演讲家特训营，就做一期公益性的。她说："我举办公益特训营，自己掏腰包也要做。我不是为了名和利，更重要的是寻找到自身存在的价值。一个人的成功，不在于你在这个世界上得到了多少，而在于付出和奉献了多少，帮助多少人改变命运，帮助多少人实现人生价值，帮助多少人实现成功和幸福的人生！孩子们来到'全国小演讲家佛山特训营'，主要目的绝不仅仅是演讲口才技能有多大提升，也不仅是学到了多少演讲技巧，更重要的是我们以特训营为载体，为孩子们铸就高尚的'灵魂'。"

（七）

她的微信名片上写着：彰显魅力，让演讲口才之花亚洲香飘、芬芳世界。

是的，真正成功的演讲是要感召别人、激励别人！

无论做哪一行，只要人格有魅力，就会吸引更多的人！别人不在乎你说了什么，而在乎你做了什么，你在别人心目中留下了什么样的印象。

张亚芬的心中始终充满着大爱，总是保存着一份美好的愿望：凡是接触到自己的人，都能成为有德行、有口才之人，在生活、事业、学习、工作上，希望能用自己的人格魅力感染他们。这样，整个社会就会凝聚起一股正能量，一起为中国梦的实现添砖加瓦……

心中有梦想，眼前有天地

从大概率来讲，一个人的愿景是清晰的，就一定能实现，组织也是一样。很多组织，只有财务目标，没有清晰的愿景，也不清楚组织存在的意义，在创业的路上，迷茫的可能性很大。因为，没有一条创业的路不充满艰辛与曲折；没有一份伟大的事业，不需要几代企业人前仆后继地全身心投入就能成功的。而价值观，是达成愿景、完成使命的方法。

—— 夏小虎

（一）

离开安稳的教师队伍，夏小虎的想法很纯粹简单：当时的收入并不是很高，从贫困农村出来的他，很需要钱让父母、让家人过上更好的生活；另一方面他也觉得，老师跟社会接触不多，知识结构较局限单一。

权衡之下，2002 年，在佛山一所中学当了两年化学老师的他决定跳出这个舒适圈，到外面闯一闯。

为什么选择销售这一行呢？

他说："老师出来闯社会，选择做什么其实很关键。在重新选择职业的时候，一定要选未来发展空间比较大的。"

大学期间跟"瓶瓶罐罐"打了几年交道，他感觉有点厌倦了，没有选择去化工厂做"技术"研究；也不太懂得"管理"。在他心里，隐隐约约感觉到：中国经济在改革开放中酝酿多年，经过二十多年的铺垫，开始腾飞了。

销售这一行应该不错！

可是，第一份销售工作只做了七天，他就被解雇了。

他当时应聘的是一家德国塑料破碎机贸易公司，总经理的初衷是找一个没有销售经验，经过自己亲自培训成长起来的销售员。对一个刚从学校这座象牙塔里走出来的老师来说，内心的那份清高和自尊还是存在的，它成了夏小虎开展业务的一个障碍。电话营销，他怯场，不懂与人沟通；外出找业务，也不晓得找谁；找到了，却不知如何开口……

被解雇的那一刻，他内心中有过焦虑。停薪留职的他是可以重新回到学校工作岗位的。但他没有回去，在网上投了简历。三天后，一家顺德的家具互联网公司让他去应聘。

互联网的产品要么提供服务，要么提供交易。这家公司提供的产品是服务产品——为家具厂设计网站，通过网上卖家具。

老板给他的试用期底薪是七百元，有提成，让他跟着一个小伙子到家具厂跑业务——推广网站。

小伙子早出晚归，特别勤快。可是，那些家具厂的老板根本不知道什么叫互联网、什么叫网站。他从来没签过单。

夏小虎跟他跑业务的这个月，小伙子居然出单了，业绩还是公司第一名。

老板认为这是夏小虎的功劳，原因是他学历高、能力强，就跟他商量，让他做部门经理。

他实话实说："可是我并没有销售经验。"

老板说："我觉得你能带领这帮人，可以试一试。"

夏小虎想：既然老板那么看重自己，不妨尝试一下，挑战一下自己吧。

但他觉得公司用固定提成14%的方式，对员工并没有起到很好的激励作用。他直截了当地对老板说："如果由我来当业务经理，公司制度、提成制度都必须改一下。如果不改，这个经理我是当不成的。"老板问他怎么改？他说，可以按 8%、14%、17% 拉开档次。业绩低提成点数就低，业绩高提成点数就高。老板算了一下，公司总的支出并没有发生多少变化，却可以让做得好的员工有更高的收入，看到了前景；做得不好的收入自然少甚至被淘汰。这种优胜劣汰的做法可以大大刺激员工的积极性。

他买回大量销售管理的书籍，下班后一头扎进书海学习、钻研。他详尽细致地整理出一套如何跑业务、如何与客户沟通等资料，跟公司的销售人员梳了一遍，效果相当不错。在他做业务经理的当月，公司业绩已经相当于往年一年的总和，后续每个月的业绩还在不断增长。

一个没有销售经验的人，居然可以带领三四十人的销售团队开拓出一片新的业务天地。

对于一个在机遇面前勇于把握、善于学习思考、不断探索的人，只要有人轻轻推一把，他的人生轨迹便会轻而易举地转个弯！

他跑工业区的时候，看到连绵一片都是数不清的行业、数不清的企业。他在心里对自己说，不应该仅仅是家具上网，其他行业都可以上网的啊。他把想法跟老板提出来："我们应该做一个让所有行业、企业都可以上网的网站。"老板并不同意他的看法，说："现在应该做专业的网站。"

他在心里琢磨：做专业网站不是不好，有一些特定的行业可能可以做专业。但对于家具行业来说，网站并没有打通上下游的关系，没有帮客户把家具卖出去，并没有真正解决实质的销售问题。

他觉得自己应该另辟蹊径，做一个所有行业、企业都能上网的网站。

2002 年 8 月，他与人合伙在佛山创办了中外商贸信息网，开启了创业之路。

机会总是垂青于有所准备的人！

2003年3月，他看到阿里巴巴的招聘广告，有一点特别吸引人——可以去公司所在地杭州学习一个月。

这不是他一直想找的机会吗？

仿佛有一种力量，冥冥中牵引着他。

他决定去应聘，立刻投了简历，很快通过了招聘。

他想：当时互联网的格局就是那七大公司，分别属于不同的行业。传统行业有地域上的限制，在这个地方能做好，在另一个地方也能做好。互联网跟传统行业不同，基本态势就是只有第一没有第二，要做第二个，几乎不可能。

夏小虎心里开始打鼓了，自己要做互联网的想法虽然与阿里契合，但在格局、逻辑思维、对问题的看法上却远远比不上人家。而且阿里在这一行已经做了那么久，自己凭什么跟别人竞争呢？自己的公司做不成了，阿里有那么大的团队，自己参与进去，岂不是更好？

他的合伙人问他是不是被阿里"洗脑"了？他坚决地说："要么把公司关了，要么亏了多少钱，我一个人承担，你们继续干。"

就这样，他毅然加入了阿里巴巴。

（二）

由于没有多少销售经验，夏小虎在阿里的销售工作开展得并不顺利。他每天骑着破旧的摩托车到处跑业务，一个多月过去了，一张单都没签下来。

一天，他跑到松岗一家空调厂，走进总经理办公室。总经理正在打电话，不耐烦地冲着他边打手势边吼："做销售的赶紧给我滚出去。"他只好赶紧走出办公室，在厂里转了两圈，感觉这家工厂规模挺大的。就这样离开，他觉得有点不甘心。

应该再试试，不应该总经理让自己"滚"就"滚"啊。他在心里琢磨。

这一次，他直接来到董事长办公室，自我介绍后，笑着说："刚才你们总经理叫我'滚'，我'滚'了两圈又回来了。"虽然是当笑话说出来，他心里还是挺难受的。

他不卑不亢地对董事长说："我是做阿里巴巴业务推广的，松岗的另一家空调厂也在阿里做推广，要不然你们也做一个吧。"

董事长五十多岁，看着这个跟自己的儿子年龄差不多的年轻人，身上有一股坚忍不拔、自强不息的精神，可能是被他打动了，董事长脱口而出："那就做一个吧。"

夏小虎简直难以置信，但又生怕他反悔，忐忑不安地说："要六万块钱呢！"董事长说："不是几千块钱吗？"随后想了想，又说："六万就六万吧。"

合同很快就签了下来。后来经阿里巴巴的推广，的确也为这家公司带来了很多生意。

看似神速签单的背后，是他每天坚持不懈走访客户累积出来的结果。

"只要全力寻找，并且永不放弃，总会找到上天给你的那束光。"他总是用这句话勉励自己。

自从签了第一张单后，一连几个月，他都没再签单。到9月份，孩子快要出生了。如果到9月25日再签不到单，他就得离开公司。

他来到一家已经拜访过几次的工厂，对负责外贸的经理说："我老婆今天已经进医院待产了，可是我这个季度还没签过一张单，没有任何业绩。阿里又不是骗人的，要不你就帮忙做一个，要不然我都不知道该怎么回公司去了。"经理是一个四十来岁的女性，她知道一位失业的丈夫对一个即将迎来孩子的家庭意味着什么。经理被他的真诚打动了，跟他签了合同，但必须待老板审批下来，才能让财务打钱过去。

到了 9 月 25 日，单是签了，但钱却还没有收回来。他的主管看到他一直都非常努力，就给了他一次机会。国庆后他终于把钱收回来，这个季度的业绩就在最后关头"挺"了过来。

这段时期，每个季度能签下一张单，是他最基本的工作目标。

有一次，当他像往常那样骑着摩托车去拜访客户时，累得晕倒在路边。被人送到医院，医生建议他不能再干这个活儿了，这样下去会把身体搞垮的。

休息了两三天，他又在心里琢磨：业绩期限反正就剩这几天，再利用这几天试一试，不行再找别的出路吧。他强打精神起来去拜访一位在顺德容桂做打火机生意的老板，那位老板的生意做得很大。

他没有跟那位老板聊阿里，他知道他并不懂互联网。从中午十二点多一直聊，老板聊他的人生，夏小虎聊他的苦，居然十分投契，两人都有一种相见恨晚的感觉。聊到第二天凌晨，两人都很困了。实在受不住，老板说要去休息。夏小虎说："不行啊，我这个季度的业绩还没完成。"老板拍着他的肩膀说："干脆这样吧，不要在阿里巴巴做了。来我这里，年薪十几二十万肯定少不了你的。"夏小虎说："这不行！无论如何我都得先完成这个季度的业绩。"

虽然举步艰难，他没有忘记自己的初心，坚决地走下去！

尼采曾经说过："那些杀不死我们的，终将使我们更强大。"

困境面前他没被"杀死"，相反，困境使他变得更"强大"！

老板问他："那你需要多少钱才能完成业绩？"他脱口而出"十万"。他准备为老板打个折，老板却非常爽快地说："没问题，你写份十万的合同，明天上午我让财务把钱打到你公司。"

有些事不是看到了希望才去坚持，而是坚持了才会看到希望！

这件事成了他在阿里业绩上的拐点，从这件事上，夏小虎明白了两个道理：

一是要转变自己心态，以前他是以销售的心态，以见"上帝"的心态去见客户。从这以后，他不再把客户当老板，而是把他们当成自己的朋友进行沟通。他觉得，他们是可以做朋友的，生意做得越大的老板其实越随和。跟他们的交谈中，他了解到他们的内心也有孤独的一面，生意上有些事情，不能跟厂里的人讲，也不能跟家里人说。这时候，他就成了他们最好的听众、最知心的朋友；二是客户其实有很多问题需要自己帮忙解决，如果自己的产品刚好能够帮到客户，那么自己就不再是销售，而是真正的客户经理，是站在客户的角度帮助他们思考、解决问题的人。

永恒的不变是改变！

此后，他的业绩不断上升，每个月都是区域和大区的第一名，他没有忘记来阿里巴巴的"初心"——学习阿里的管理。业绩达到标准后，他开始申请做主管，2005 年 1 月终于如愿以偿。

他去拜访客户，不再是去推销阿里巴巴，而是看客户公司出现哪些问题需要自己为他们解决。他心里总是想：我能帮到他们什么呢？

看到有些企业规模虽然挺大，但因为老板的观念和管理跟不上，企业中存在不少问题。这些问题，有些是他们能够看到的，有些是发现不了的，或者说没有觉察到的，成了阻碍企业发展的障碍。

他希望建立一个平台，让这些老板能够在一起学习、交流、提升。2007 年，他在佛山创办了"小虎讲堂"；2008 年，他又首创了网商协会。

"小虎讲堂"，是他自我能力的激发，他也完成了自我的超越。他看到消费者真正的需求是什么，同时也找到了一种创新的模式来帮助他们。

他说："你有一个苹果，我有一个苹果，交换起来还是一个苹果。但如果你有一种方法，我有一种方法，交换起来就是两种方法。"

开放，分享，获得成长！

不管是一个人、一个家庭、一个组织还是一个国家，如果不懂得开放，故步自封，就不可能获得发展。

"小虎讲堂"主要是客户与客户之间的交流分享，有的讲生产管理，有的讲内部管理，有的讲如何推广产品。

懂得分享，愿意分享，才有可能得到成长！

包括一些在改革开放浪潮中"洗脚上田"的老板，是什么原因真正让他们成长起来的呢？夏小虎认为：不是听课让他们成长，而是当他们站在讲台上，分享如何去做的那一刻他们才成长起来的。

要站上讲台分享的老板，就得对企业和管理重新梳理一遍，相当于自己先做了一个总结；另一方面，他们所提到的一些做法有些是还没实行的，只是一种设想，既然在这么多人面前分享出来，就肯定努力去达成，这也是对成长的一种促进。

听了分享后，其他老板就会给他分析、总结这样做的可行性，当然也起到一定的借鉴作用。

他给大家搭建平台，相互之间有了沟通往来，他们自身也获得了成长。

"小虎讲堂"开展两年多时间，最多一场来了二百多位企业家，他并没有在讲堂上刻意推销阿里巴巴的中供产品，而是分享阿里的企业文化。他觉得产品应该是帮人解决问题的，不管是服务产品还是具体的某一个产品，客户产生问题，你帮他解决了，他就自然而然地去买你的产品。

他说："'小虎讲堂'上，不少客户觉得阿里做的事情挺有意义，不知不觉在心理上认同了这个品牌。这种真正意义上的以商会友，可以有效拉动销售，以让客户开放分享带来成长的方法真正撬动一个市场。"

当时抱着打入阿里内部"偷师学艺"想法的夏小虎，就是这样被培育出来的。由于他身上独特的性格标签：务实、善于思考、心地善良、敢为人先、勇于担当，使得他能够从一种看似平凡的事件中感悟其中的道理，捕捉机会，帮助他人的同时，又为自己的事业开拓出一片广阔的天地。

他每天都会拿一把"尺子"量一量自己：为组织、为他人、为社会付出的够不够？自己的成长和感悟够不够？学如逆水行舟，不进则退。只有不断提升自己，才能获得更好的人生体验。是否时刻心有善念？是不是每个行动都是"善"始"善"终？

在他的思想观念里，人类是一个大协作体，尤其在和平年代，通过相互分享来得到生存资源。自己该做的，就是思考能为别人做些什么。

持续为他人创造价值，便能获得他人的支持！

2010年，夏小虎离开佛山，相继辗转全国各地担任阿里多家分公司经理，还担任过阿里新人培训班百年大计班主任。

由他首创的网商协会，在全国已有超过一百多家的网商。阿里的价值观，系统的团队，核心企业文化，以及多年的经验累积，启发他形成了"组织管理六合阵法"的基础理论框架，帮助上百家企业梳理其文化价值观体系，获得很好的效益。

（三）

如果说夏小虎当初到阿里是为了学习管理经验，在此基础上，与时俱进的他形成了一套理论框架后，他的心中又有了一个更大的愿望：把这套方法推广到其他企业，而不仅仅局限于与阿里有业务往来的企业。

他希望可以推动更多企业把虚的企业文化做实，从而拥有一支强大的，有着共同使命、愿景、相同核心价值观的团队。

教是最好的学！

这不仅仅是帮助了别人，自己也将得到快速成长。

当他心中有了这种念想，思想上升到一个更高的层面时，2013年，他离开了阿里巴巴。

如果非得给自己找一位老板，那么使命、愿景就是自己最好的老板！

他用这句话勉励自己，指引事业上前行的道路。

夏小虎来到生活半径，担任CEO，用"六合阵法"梳理公司文化、构建企业价值观。

"六合阵法"包含"道、谋、断、阵、人、信"六个层面，他从古代管理国家的思想出发，得到启发，命名为"组织发展六合阵法"。

"道"是指要去的地方，存在的意义是什么。使命、愿景、目标三者统一。一个月去到哪里是小目标，十年去到哪里是愿景，一百年去到哪里就是使命；"谋"是指战略；"断"是做决断，找一条能走的路；"阵"是排兵布阵，对企业来说是组织架构；"人"是指找到合适的人，选、用、育、励，管理讲的是要"以人为本"，而根本是激励，包括眼前的、中期的、长期的激励是什么；"信"对一个企业、组织来讲，制度就是核心价值观。

按照这六个字，企业缺什么就补什么。

生活半径是一个做本地生活服务的平台，后来被阿里收购投资后，阿里给他们的工作任务是做配送，当时叫"饿了么"。这需要很强大的配送队伍。

夏小虎为配送人员找到做这件事背后的意义，就是让本地人们的生活更美好。他把每个人原本的就业，找一份工作这样的一个愿景聚合为一个共同的愿景，培养他们主动、真诚地奉献和投入。

人的需求，除了钱，往往还需要有内在的满足，成长的机会，以及各种能力的提升。

他用"六合阵法"把公司各项制度做了梳理，搭建运营体系和文化体系，在三个月内，使公司人效提升2.5倍，成为业内最优秀的企业之一并一直保持。

优秀卓越的人是不会停留脚步的！

每到一家新公司，他都会用"六合阵法"梳理公司文化、构建企业价值观。

2017年，他来到某智慧餐饮服务及运营平台担任COO兼CCO。

通过评估，他发现企业"使餐饮进步"的使命愿景并不清晰，也就是"道"这一方面不够明确。他与高管共同分析后，得出了精神层面最核心也是最基本的使命：推动餐饮智慧化，让人们享受极致的美味体验。同时也有了明确的愿景：成为全球最大的智慧餐饮服务商；成为人们最爱的美食智慧助手；成为员工成长最快的事业发展平台。

为了这个共同的愿景，企业形成了一种强大的凝聚力，而每个员工的付出，就不再是被动遵从。

然后再把核心价值观，"道"的层面，怎样做人、如何做事、怎么做事业等提炼出来。

精神层面剖析完，再结合"阵"和"人"对制度层、行为层进行梳理，包括销售管理制度、考核机制、行政制度、审批流程、沟通机制、员工活动等。

通过运用"六合阵法"梳理，企业发生了很大的改变，呈现出良性的发展态势。

他说："任何一个企业、一个组织，都必须知道自己真正想解决什么样的问题，存在的意义是什么，搞不清楚就很容易迷茫。'道清术自明'。这个'道'不是道路，而是战略，要去到哪里。这些明确以后，最核心的就是能够让组织运转的'信'，即信仰、信任。社会正常运转必须拥有法律，对一家企业来说，就是要有不断完善的制度及做人、做事、做事业的标准，也就是价值观。"

"企业如人，产品和商业模式是骨架，制度和流程是血和肉，企业文化和核心价值观就是'灵魂'了。"

在阿里的十一年，是夏小虎人生的重要阶段，阿里是他核心企业文化价值观体系和"六合阵法"管理理念的形成地和实践地。

（四）

常年出差在外，让他对充满温馨与爱的家有着深深的眷恋。2015年一次出差到北京，他脑海里突然蹦出一个想法：让那些像自己一样常年出差的商旅人，每一趟远行都像回家一样，住在一个温馨舒适的"家"里，从而让商旅变得更美好。

他把想法跟北京的一位朋友分享，当朋友听他说，想帮助更多在商旅中的人在北京有一个家一样的地方，朋友不禁被他这份美好的心愿打动，便有了夏小虎在北京投资的第一家酒店——商隐公寓。

商隐公寓位于悠乐汇城市综合体，交通方便，地铁站走10分钟就到，吃饭购物也十分方便。房间很宽敞舒适，沙发、电视、冰箱、微波炉、电磁炉一应俱全。如果客人想做饭，酒店还可以提供锅碗；有洗衣机，还贴心地提供洗衣液和洗衣皂。房间内十分注重装修装饰上的细节，布置也很温馨漂亮。晚上，通过落地大玻璃窗，可以欣赏到望京SOHO的景观。夏天的时候，酒店还多赠送一瓶矿泉水，在酷热的北京，这是很贴心的。离开公寓也很便捷，直接离店，不需到前台办手续，还可以免费寄存行李。

客人表示很庆幸选择了这家酒店，真有回到家里的感觉，下次到北京出差，一定选择"商隐"。

一个简单的起心动念，进入酒店公寓这个行业，本着支持朋友有一份糊口的事业的目的，结果发现这份初心帮助到的不仅是自己和朋友，还帮助了很多在商旅中的人，让他们在北京有一个家一样的地方。

有一位客人把大衣落在了北京商隐公寓，让工作人员帮忙发顺丰到付。工作人员不但帮他把大衣洗干净，还支付了邮费。这位客人非常感动，在朋友圈分享道："中国不需要多一家酒店，却需要多一家温暖如家的酒店。"

商隐公寓让夏小虎迈出了"民宿梦"的第一步。

不久，他又在北京投资了第二家酒店式公寓——玉澜公寓。

抱着"让商旅更美好"的愿望，夏小虎的"民宿梦"无心插柳，柳居然成荫了！

强烈的使命感，又让他始终有着自己清晰的目标！

"永远记得把利益分给别人。"这是他的人生信条。

短短几年时间，他在全国许多城市以投资合作的方式开了许多家商旅酒店公寓，他还把"六合阵法"的理念运用到酒店的管理当中，创造了一个又一个"奇迹"

2019年开的佛山龙逸酒店公寓，表现尤为优异，开业第二个月就实现盈利。

当中有一些公寓的运营、管理等方面碰到难以想象的困难，当合伙人想放弃时，他总是鼓励他："人分三种，一种人心态很急，行动不急；第二种人心态不急，行动也不急；还有一种人心态不急，行动迅速。我们要成为第三种人，才能真正面对世界的复杂，却又能为这个世界做出有价值的事情。任何事情的成长，总是需要时间。种子播下去，需要养分、水分和时间才能长成参天大树。"

今天最好的表现，是明天最低的要求！

他义无反顾地与这位合伙人并肩作战，一路奋勇向前。每过一个坎，都有一种豁然开朗的感觉。

他始终相信：只要坚守梦想，坚持客户第一，坚持服务创新，努力寻求突破，总有一天，总能到达想要去的地方……

在他心里，希望在每一个美丽的地方、繁华的地段，带给出差的商旅朋友们一个温馨舒适的家。

有些朋友和他交流的时候总会讨论：这个或那个商业模式成不成立，有没有价值；或者担心他的商业模式会不会被人复制。他一般都笑而不答，因为他懂得，商业模式的本身并没有什么长远的价值，真正有价值的是给客户提供了什么样有价值的产品、有价值的服务。与此同时，所创立的组织，在文化上、在制度上、在不断优化的组织结构上，是否能保证给客户持续不断地提供有价值的服务和产品，这才是创业之道。

他说，人类社会不断发展的历史，就是分工越来越明确，交换越来越彻底的过程。每一个人，为其他人提供自己的服务或产品，去交换货币，然后拿货币去交换别人的服务或产品。他看到太多的人只关注货币本身，而忽略了其实更应该关注自己提供服务、创造产品的能力。他从事互联网行业已经有十多年，回过头来看，他觉得互联网最核心的功能就是大大提升了人类交换的效率，也使得货币由之前的实物转变到今天的数字。他敬畏其伟大的同时，又想，如果在寻找下一阶段的发展方向时，更多地会考虑传统行业。他懂得一个道理，为人类实实在在地提供产品和服务，总能行！

（五）

一次偶然的机会，他吃到一间农庄创始人主理的菜品，惊叹于对方的出品，完全超出自己对美食的追求，便主动跟对方交流。原来对方当年弃校学厨，最高做到星级酒店行政总厨。在对方心中一直有个梦想：让粤菜代表中国美食走向全球。

梦想的种子，一旦种下，总有发芽的一天。

两人心中的餐饮梦不约而同地契合在一起！

民以食为天！夏小虎觉得可以为这个使命和梦想做点什么，非常诚恳地请求加入农庄的股东团队。

夏小虎身上有一种宝贵的潜质，那就是创业的念头，善于捕捉机会。

农庄接手过来的时候，由于荒废已久，早已成了一片废墟。从确认项目到封测，用了不到五十天的时间。

封测那天，吃到第一口菜时，夏小虎的心情十分复杂，不仅仅是喜悦，更多的是感动。

随着社会经济的发展，人们生活水平的日益提升，餐饮业已呈遍地开花之势，如何才能开创出自己的一片天地呢？

农庄位于三水，当地出产一种"黑皮冬瓜"。

夏小虎想：可不可以通过就地取材，既提升餐饮品质，又可以帮助推广本地的农产品呢？

他把想法告诉那位合伙人，得到对方的赞同。合伙人根据多年的大厨经验，别出心裁地"炮制"出一款"冬瓜船"：把黑皮大冬瓜剖开，放上海鲜、鸡肉等配料一起炖。冬瓜吸纳了海鲜、鸡肉等的肉香后，更加清香可口；而海鲜、肉类糅合了冬瓜的自然气息后，口感更加细腻鲜美，二者相得益彰，那一口汤更是让人回味无穷。

当一只别具一格的"冬瓜船"由两名服务员抬上桌时，食客们被震撼了，纷纷用手机拍下来分享到朋友圈。

既有观赏性又有品尝性的一款"冬瓜船"很快便在当地的朋友圈中广为流传，食客络绎不绝。

只要有时间，夏小虎必定到农庄；到农庄必定与客人们交流。在交流过程中，他经常听到一些"家庭主妇"抱怨：家里每天基本上都是那些菜式，有时候真的不知道该吃什么，该怎么去做。

他内心又萌生了一个想法：建立一个平台，让一些"家庭主妇"把自己做菜的短视频拍下来，放到平台上，让她们相互学习、交流；还可以请人推广、介绍一些家庭菜式。

持续为社会、为他人创造价值，定能获得别人的支持！

古人云：富不学富不长，穷不学穷不尽。夏小虎心中既存有梦想，同时又能把心沉下来，脚踏实地、善于学习。

有几句话，成了他的口头禅："旅游需要导师，人生也需要导师；读万卷书不如行万里路，行万里路不如阅人无数，阅人无数不如名师指路；要想改变口袋，先要改变脑袋。这个社会一直在淘汰有学历的人，但不会淘汰有学习力的人。"

没有比"做终身学习者"更能为这个时代付出自己努力的方法了！

2017 年 8 月，夏小虎参加在北京九华山庄举行的"第二届亚洲餐饮企业家高峰论坛"。

餐饮行业英雄辈出！

论坛上，有日本企业家分享如何卖一碗面的，有中国企业家分享如何卖生煎包的……他们经过二三十年的努力，把产品做到极致，把经营做到极致，实在令人敬佩。

他听过太多人想挣钱，却并没有挣到钱；他也看到那些并没有把心思放在挣钱上，而是把事情做到极致的人，最后身价不菲。

为此，他得出结论：只要踏踏实实地把事情做好，钱自然会有的，钱永远是做好事情的结果，而不是目的。

他说："如果要成就一家伟大的企业，就算只做个生煎包、做个羊杂汤，只要拥有清晰的使命、愿景，员工有崇高的核心价值观，企业就会形成一种强大的凝聚力，然后从客户的需求出发，满足需求，也能成就一份超越一般人想象的大事业……"

在这次餐饮企业家峰会上，来分享的日本企业家大都年纪偏大，而中国的餐饮企业家大部分都年轻有朝气，这更使他看到了中国的未来与希望。

2018 年 7 月，夏小虎到杭州给餐饮企业家分享"新餐饮企业文化打造"。他说，无论如何忙碌，都不会放弃开放、分享的机会。因为他知道，开放、分享不仅仅帮助了别人，自己更是得到了快速成长。他永远记得"教是最好的学"!

经过两年多在餐饮行业的探索，夏小虎与合伙人的第二间农庄（分店）开业了。

"做老百姓心中最佳的粤菜，传播粤菜文化"的梦想又向前迈进了一步!

在儿子的毕业典礼上，夏小虎送给他一句话："只要永不放弃，总会到达你梦想的地方!"

我想，这也是他自勉的一句话!

教书育人的"导航仪"

（一）

收到孩子的班主任微信发来的通知，已是晚上八点多了，区教育局举行演讲比赛，以"致敬英雄"为主题，录制一段演讲视频，题目自拟，题材不限。演讲内容可从多方面出发，内容要求积极向上，传递正能量。

班主任说我的孩子朗诵好，她适合参加，让她赶紧准备一下这项比赛。由于时间紧迫，第二天晚上就要把拍摄好的演讲视频发给她，然后上交学校统一参赛。

言下之意，准备演讲稿、拍演讲视频、填相关报名表，仅有一天时间。

我和孩子商量，初定主题。写演讲稿，时间上恐怕来不及了，便在网上搜了几篇相关文章，却都不大满意，看看时间，已接近晚上十点。怎么办呢？我和孩子的内心都十分焦急。

情急之下，我想到了孩子语言艺术的指导老师——李华，便给她发微信，跟她说明情况，很快就有了回复。她说很乐意指导孩子，只是我们所选的主题不大适合孩子发挥，建议更改主题。

我立刻在网上搜索相关的演讲文章，发给她后，我和孩子都如释重负。

早上起床，打开微信，看到她重新发来一份演讲稿，显示的时间是凌晨 1 点 59 分。同时发来的还有一句话："我重新写了一份演讲稿，先让孩子熟悉一下。"

李华老师熬夜亲自另写了一份演讲稿，我顿时对她充满了感激与敬佩。

这是一种怎样的敬业精神！

按约定，午饭过后我把孩子送到她值班的幼儿园，她让我傍晚五点后接回孩子。

傍晚五点多，当我准备接回孩子的时候，她依然一遍又一遍地指导着她。我坐在旁边的椅子上等，看着她不厌其烦地从演讲的姿势、表情、声音和腔调，到演讲的速度、发音等方面耐心地指导着孩子。

孩子跟着一遍又一遍地练习。当她忘了词，或者该加快语速的时候忘了加快语速，又或者该用手势表达以加强效果却忘了手势，我分明看出了她的紧张。越紧张越容易出错，李华让她先停下来。把她带到走廊，让她的心绪平复、安静下来。然后开始耐心地跟她分析这篇演讲稿为什么要这样写；表达了一种怎样的思想感情；为什么在某些地方语速放缓，某些地方又要加快或者加重，在某些地方为什么还要加上手势……

这时，李华的朋友打电话过来说，已经到了她的小区门口，我才知道她与朋友有约。实在不能占用她太多时间，我提议该拍视频了。

她拿出准备好的服装给孩子穿上，细心地给她化了妆，梳了发型。我说只是拍视频，不必那么讲究吧。她却说，我们必须让孩子知道：无论做任何事情都要认真对待；另一方面，也是对这次演讲比赛和评委们的尊重。

第一次视频拍下来，在我看来，孩子发音准确流畅，感情投入，抑扬顿挫，很有感染力，只是在演讲快结束的时候停顿了一下，已经算满意了。她却要求孩子重拍，这次是在中间忘了一个词。

这时候她的朋友又来电话了，我听到她在电话中跟朋友说，她回去时经过超市再买菜吧。耽误她那么久，我心生抱歉，就跟她商量说："反正演讲比赛只要求上交视频，要不然回去后，我请人用软件把两段视频剪辑成满意的一段上交就可以了。"孩子听了，欣然望着她。她蹲了下来，引导孩子说："我们能不能对自己的要求再高一点呢？虽然可以请人用技术把两段视频剪辑成满意的一段上交，但我们不能这样做！不能把好的标准寄望于他人的帮忙，而是要通过自己不懈的努力，争取把事情做得更好。"

这一刻，我突然明白：李华不但是孩子语言艺术的老师，更是她人生的导师。她给孩子上了一节比演讲比赛更重要、更有意义的课。

从她身上，我看到了一种情怀，一种对教书育人无比热爱的情怀——敬业、精益求精；从她身上，我还看到一种爱国主义情怀。如果没有怀着对祖国深深的热爱，是不可能熬夜写出如此饱含深情的演讲稿的……

这段时间我刚好准备写人物的报告文学。

看在眼里的这一切，使我有了进一步了解李华老师的想法。就像看到了一片美丽的树叶，就想走进那片森林一样。

我把想法告诉她，她答应下来，并约好了采访时间。

微信电话接通后，传来了她的笑声，像一道明净的阳光，格外亲切。

在轻松的谈笑中，我"走"进了她曾经的工作和生活当中……

（二）

报考中专志愿时，本来选择文秘专业的她，却阴差阳错地被安排到学前教育专业。仿佛冥冥当中，就有一条道路在那儿等着她走过去。

从小能歌善舞的她，很快就在幼教专业中找到自己的亮点。唱歌、跳舞、画画、弹琴……样样都"拿得起"，得到老师们一致的认可与赞许。

无心插柳，柳成荫！

不知不觉当中，她"爱"上了这个专业，每天都沉浸在专业课程的学习中，乐此不疲。

毕业后，她顺理成章地从事幼教工作，在禅城区南庄镇罗南幼儿园当了一名"孩子王"。最初的工作安排是配班老师，后来是班主任，她的优点和亮点很快便在工作岗位上突显出来。

她不但带班出色，在各项幼教比赛，如公开课比赛、各项技能技巧考核、舞蹈比赛、青年歌手大赛中崭露头角，她也找到了属于自己的位置与自信。

对于园领导安排的比赛任务，有些青年教师内心还是比较抗拒的，希望尽量不要安排自己。当别人抗拒、逃避任务时，她却用一颗欢喜心去对待每一次机会，她觉得那是因为领导看重自己的能力，才让自己承担工作。

别人不愿意承担的，她来承担！

她总是用"我愿意"的心态，欣然接受，出色完成。

这份勇于担当的精神，赢得了园领导的赞同和老师们的认可。

三年的工作历练，使她成长为一名出色的幼教工作者。机缘巧合，罗南幼儿园准备上等级，当时的行政年龄层相对较大，需要一些较年轻的新生力量加入。各方面能力都得到认可的她，被提拔上领导层，负责抓教学教研工作。

当年，她还利用业余时间报读了语言艺术专业，系统地学习演讲、主持等课程。我不禁问她："难道你所学的专业还不足以应付当时的工作吗？"她笑声朗朗地说："那是因为自己对语言艺术有兴趣啊。"顿了顿，她又接着说，"当自己重新以学生的身份去学习，折射到小朋友身上，就能很好地理解'兴趣就是最好的老师'这句话了。从教师角度出发，如果能引起学生学习的兴趣，学生就会主动地去学。反思到自己的教研教学上，就是如何从课堂形式到内容等方面去迎合小朋友，激发起他们的兴趣，从老师要他们学变成他们要学……"

以生为本，这便是一个教育工作者的情怀！

2009年，李华已在幼教工作岗位上勤勉务实地走过了十一个年头。一个偶然的机会，南庄文化站招文艺专干，她想尝试一下，看看外面的世界。顺利通过考核的她，艺术才华的展现有了更大的舞台，人生道路上也有了更多的机遇。可是，随着时光的流逝，她越来越察觉，自己的内心深处还是更热爱幼儿教育这个"百草园"，更喜爱天真烂漫的孩子们。2011年，她又重新回到罗南幼儿园，担任园长一职。

她觉得在教书育人方面更能发挥自己所长，而且她更愿意顺着这条路走下去。她认为这是一条"人影响人"的路。在孩子们的心目中，老师甚至比爸爸妈妈更权威，他们更愿意听老师的话。

可是，由于工作原因，女儿从小就不能放在身边，从而错过了许多参与孩子成长的宝贵时光。在她的内心深处，对女儿，她觉得是有亏欠的。

（三）

对于倾注了自己十五年青春年华的罗南幼儿园，李华尽管有着许多的不舍，为了不在女儿成长的阶段留下太多遗憾，2015年，她还是选择回到顺德的家，应聘到顺德排沙幼儿园，担任园长职务。

回顾当年，罗南幼儿园有着三十多年办园经验的积累沉淀，产生了一定的知名度，各方面条件都已经非常成熟。李华笑称：

"在罗南幼儿园,历任园长已经把路铺设好,形成了一个良性的常态,自己在罗南幼儿园担任园长显得很'省心'。"

当时罗南幼儿园的教育理念是:让小朋友"快乐玩,自然学,健康长"。关注的重点在小朋友的个体感受方面,他们在玩中学,获得快乐成长。

李华想:是否应该沿用以前的教育理念呢?如果把那套现成的理念"搬"过来,开展工作或许会让自己更"省心",但站在小朋友的成长立场上,是不是最有效的呢?在幼教行业做了这么久,无论是感情还是环境,都对自己产生了一定的影响,时代在改变,很多东西都需要推陈出新,更何况是对人的教育呢?

与时俱进!拿出一颗真诚的心对待教育,对待孩子!

经过一段时间的探索,她提出"家的温馨,爱的教育,让小朋友度过快乐、有价值的每一天"的教育理念。

家园共育,让小朋友在幼儿园也有家的感觉。

她常常思索:如何让小朋友玩的每一样东西都有价值?小朋友通过玩这些东西,可以得到哪些方面的成长呢?

根据相关规定,幼儿园小朋友每天不少于两小时的户外活动。但如果遇到下雨天,如何才能保证这两小时的户外活动如常进行呢?是否因为雨天就必须把孩子们困在教室,从而封锁了他们接触外面世界的机会呢?

针对这个问题,她不断地与领导层、教师们研讨,最后得出方案:下雨天时,就让小朋友"玩雨""感受雨"。当然,前提是要保证他们的安全,雨不能太大,气温也不能太低。有些老师担心家长会投诉,担心因此而影响生源问题。

的确,以往的教育是要保护好小朋友,小心翼翼地让他们在任何方面都不受到伤害。

她却认为:作为幼教工作者和家长都应该反省,孩子不能在家长、老师的过分保护下成长,而应该改变观念,放手让他们学会成长。

她语气坚定地说："我们做教育的，只要立场正确，就必须坚定不移，哪怕家长投诉，哪怕生源因此受影响，也要站在一切为了小朋友成长的立场。什么才是真正的教育呢？并不是在硬件上包装得如何精美，把校园装修得如何高大上，而是把更多的心思花在小朋友身上。'人'才是最重要的，教育行为本身才是最重要的。"这就是教育的本质！

她动员老师们先做通家长的思想工作。

下雨天来了。小朋友打着伞，成群结队地来到操场上。听着落在伞上"沙沙"的雨声，多像一曲动听的歌谣呀。孩子们有的睁着水灵灵的大眼睛，抬头专注地望着雨是如何飘落下来的；有的看着雨落在地上，开成一朵花，伸手去摘时，却发现不见了，一脸的惊讶；有的忘记带伞了，另外一位小朋友主动和他共撑一把伞，两个小朋友用空出的另外一只手拢成"小盆子"接雨，趁着老师不注意，还偷尝了一下雨的味道，嘻嘻哈哈地玩得不亦乐乎。后来，她干脆让小朋友们不打伞了，穿着雨衣在雨中手舞足蹈，让他们尽情发挥自己的天性……

回到课室，换好衣服，小朋友们安安静静地坐在教室里讲雨、画雨，表达自己的感受。有的小朋友说出了雨中的树木、小草、花朵是长成什么样的，有的好奇平时的小虫、小鸟都藏哪里去了，有的说雨有各种各样的颜色。老师问她为什么，她说雨落在哪里，就成了那里的颜色。有位小朋友把雨画成了一个个小音符，他说这是因为雨落在地上，就成了一首好听的歌……

"玩雨""感受雨"让小朋友们拥有了一双发现美的眼睛，也培养了他们的艺术潜质。

他们都特别期待下雨天的到来。

家长们惊喜地发现："淋"雨后孩子的体质反而变得越来越

好了。他们不但不再反对孩子"玩雨",还特别支持,积极配合。

"以爱换爱,以质换敬!"

这是李华园长传递给老师们的服务理念。

她经常对老师们说:"我们要用我们的爱心换取小朋友的喜爱,以工作的高质量换取家长发自内心的敬重,做到专业、用心,自然而然就会得到家长的支持与认可了。"

(四)

培养孩子们良好的道德品质,是当前教育的重要目标。在孩子们人生的最初阶段,打下良好道德品质的底色,他们的人生步子才会迈得坚实,才能走得更远。

这是李华经常思考的问题。

如何提高小朋友整体的道德品质?对这些3—6岁的小朋友,用什么方式比较适合呢?

她想到用活动、行动的形式,切入点就是一些传统节日。

三月是"学雷锋"活动月,她从网上采购了一些雷锋徽章,根据老师和家长的记录,对小朋友在幼儿园和家里所做的好人好事的情况,例如对人讲礼貌、捡垃圾、劝人不要随地扔垃圾、帮助他人等进行表彰,把做好人好事的观念贯穿到小朋友日常生活的每一件小事当中。小朋友受到徽章的吸引,热情高涨,纷纷争做好人好事。根据记录结果,举行隆重的颁奖礼。能够上台领奖,对小朋友来说是一件十分光荣的事情。

感恩节、父亲节、母亲节,也是培养小朋友良好道德品质的契机。母亲节快到的时候,老师让孩子们把枕头装在衣服里,当作怀了小孩一样,让他们吃饭、上厕所、睡觉都要带着。小朋友都要小心翼翼地护着,从而知道了妈妈怀自己的时候是很辛苦的,纷纷表示要感谢妈妈,回去给妈妈捶捶背、洗脚、帮她做力所能及的家务,表达自己的感恩心。

"五一"国际劳动节，老师鼓励小朋友们热爱劳动。小朋友回到家里，争着帮忙做家务，家长们都非常开心。在幼儿园三年的时间内，小朋友反反复复地去做，从小培养他们热爱劳动的好品质。

通过活动的参与，大大提高了小朋友的道德品质，帮助别人、感恩父母、帮忙做家务渐渐渗透到他们的日常行为当中。这些活动并不仅仅限于传统节日，而是激励着孩子们一直去做，成为一项"园本活动"。

李华说："园本课程的推行，对小朋友是有一定影响的。我们欣喜地看到他们慢慢地改变着。懂得对父母说一些暖心的话，做家务劳动，做好人好事……尽管不知道影响会有多大，但一定会坚持做下去的。"

（五）

教育是一项生命影响生命的事业。师资队伍是一所幼儿园持续良好发展的基石。

学高为师，德高为范！

李华说，幼儿园老师相对年轻，她们大部分是刚从学校出来的"大孩子"，作为园长的自己，要帮助她们，先找到老师的使命和信念，树立正确的价值观，做新时代的良师。

相对于其他职业，幼儿园老师的收入并不算高。一些高收入的职业或许会对她们有一定的吸引力，如果向"钱"看的话，很多幼师未必能一直坚持下去。但是，当她们意识到自己所从事工作的影响和担当，就不会太过于计较、考虑金钱与地位，而是把全身心投入到真正的教育事业当中去。

"计利当计天下利，求名应求万世名！"

事实上，从李华园长身上，她们看到了自己应该追求什么、取舍什么。

在师资培训方面，她主要抓团队建设和专业成长两大板块。

团队建设，首抓师德，树立师道。师德是一位老师能否成为优秀教师的大前提，尤其是幼儿教师，面对的是 3—6 岁的孩子。她认为必须要擦亮这面镜子。她经常与老师们谈梦想，谈职业规划，让她们对自己的未来有规划，帮助她们明白"为什么而教"的为师之道。先理清自己的职业规划，从而引领围绕在她们身边的孩子。

专业成长，层次不同切入点也不同，新教师重工作规范、业务培训，骨干教师重教研、科研，班主任重班级管理。不同层面重点不同，从而使每个老师在自己的工作岗位上都得到提升，获取不同阶段的成长养分……

（六）

成为一名出色的节目主持人，是李华曾经的职业梦想。随着青春年华的逐渐逝去，如今的她则是希望继续坚守在教育岗位上，做一名优秀的"人影响人"的教育工作者。

一所规模和实力都相当的儿童培训机构几次诚意邀请她，给她提供平台，开设一门语言艺术课程，由她任指导老师。

她觉得，语言艺术对孩子们今后的人生发展，的确是一项非常得力的"工具"；另一方面，也可以利用业余时间发挥自己的特长。

她接受了培训机构的邀请，希望借助语言艺术这座桥梁，谱写孩子们的精彩人生。

她从网上买回许多语言艺术方面的教材，学习钻研，自己先融会贯通，再去给孩子们上课。渐渐地，她发现这些教材并不是与时俱进的，也不够贴近孩子们的生活，而且形式单一固化。她觉得要跳出思路，去表达与逻辑思维有关的东西。

她通过自己思考与探索，整理出一系列的模块，如演讲、主持、故事会、辩论赛、绕口令等。为了让孩子们保持学习的兴趣和热情，不会连续几个星期都只上同一模块，而是间隔地上。

每次上课前，她都细致充分地备课，在网上搜索与时俱进的素材。

课前有互动游戏，这个游戏最初是由老师来定，后来改为由学生自己轮流决定玩什么游戏。让他们体验既是策划人又是主持人的感觉，把语言艺术真正落实到日常生活中。

以前的演讲稿是由她亲自写好，让孩子们背，比较规范化、模式化。她考虑到这样并没有充分发挥学生的潜能，后来就改为孩子们自己写稿。不管写得如何，最起码能呈现、表达他们自己的思想，锻炼了孩子们的实践能力，让他们有机会在学习中得到持续的成长。

她时刻谨记"教师育人"的职责，有一件小事，可以体现出她身上的这份情怀。

在语言艺术班上，有位男孩，平时不爱与同学交流，喜欢独来独往。一次上课发言，她从男孩的言语中感觉到他有家庭暴力倾向。

作为一名老师，职业习惯使她开始给予这位男孩更多的关注。她给他更多的发言、表演机会，他所表现出来的却是对老师的抗拒，有时甚至故意装出一副"二流子"的模样。

她没有放弃帮助男孩的想法。有一次，这位男孩勉强应付式地回答了她的提问，她立刻在同学们面前大大地表扬了他，她从男孩的嘴角捕捉到一丝不经意间流露出来的微笑。

下课后，男孩的妈妈要很迟才能接他。她便带他去吃饭，耐心地与他沟通。渐渐地，男孩放下了对她的戒备心，把藏在心里的"秘密"告诉她。他的爸爸妈妈都不喜欢他，给他贴上一个"坏孩子"的标签，把所有的爱都倾注到他的妹妹身上，所以他恨爸爸、妈妈、妹妹甚至所有的人。

她找到帮助男孩的突破口了，那是家庭教育对他的缺失。

于是她与男孩的妈妈进行了沟通，在她面前大力表扬他，称赞他在辩论赛当中所表达的内容与众不同，有自己的思想；在外出采访的社会实践活动中，由于他平时养成了不依赖、独立的习惯，懂思考，每次都能出色地完成采访任务……

这位妈妈简直不敢相信，一向令自己头疼、讨厌的儿子，居然得到了老师的称赞。

在语言艺术班上，男孩渐渐地感受到老师对自己的重视，上课变得积极，能举手发言了；父母也改变了原来对他的看法，开始认可他了。他变得越来越阳光、开朗……

看到每个学生，她总是很自然地就会代入角色，把学生当作自己的孩子一样。她的这种对学生真心热爱的情怀，挽救了这位男孩，也挽救了一个家庭……

一位语言艺术班的家长曾跟我说过，孩子跟着李华老师学习准没错！

的确，对于一个用真心做教育的老师，她就是教书育人的"导航仪"！

少年强则国强

天刚破晓，吉利河依然沉浸在一片静谧中。河面像一面平静的镜子，还没隐退的星星落入水中。一群朝气蓬勃的年轻人的到来，却打破了宁静，星星也被吵醒了。

他们是佛山实验中学赛艇队的队员。每天清晨五点，还在睡梦中的队员们就被教练滕鹏安、李媛媛叫醒，来到吉利河道训练。

河道一下子热闹起来了。

滕鹏安教练拿着扩音喇叭在船艇上指导运动员的声音划破长空；长长的水道上，运动员们奋力拼搏，一艘艘赛艇犹如一支支离弦之箭，劈波斩浪。水面上留下一道道赛艇划过的轨迹。

那是运动员们历经种种困难险阻、顽强拼搏的轨迹！

不管是烈日暴晒的夏天还是寒风刺骨的冬天，都得训练。

大运动量且枯燥的训练是他们生活的主旋律，除了划艇集训，他们每天还要进行素质类指标的训练：3000米跑、杠铃俯卧拉、负重深蹲、三分钟立卧撑、下蹲伸臂距……

这一切都需要吃苦耐劳、坚韧不拔的意志品质作为支撑！

据说，赛艇运动员的多项体能堪称到达人类极限水平。一个顶尖的赛艇运动员，拥有着世界上最强的心肺功能、有氧运动能力和耐力。

通往冠军的路是没有捷径的！

经过日复一日、年复一年漫长而枯燥单调的训练，大部分队员已经做到动作连贯流畅，人与船、桨、水紧密协调地结合在一起，而且每一桨的动作都能快速、有力地形成。

教练李媛媛经常鼓励他们说："别人起不来的早上，你能起来，你就赢一点；别人吃不了的苦，你能吃，你又赢一点；别人坚持不了的，你能坚持，你又赢一点。三个月、半年、一年，你就跑赢很多人，总要有人赢的，为什么不能是你呢？"

曾是皮划艇运动员的她，当年就是这样走过来的。

她是河北石家庄赵县人，13岁进入体校练习田径和铅球。2005年，石家庄皮划艇队到赵县招生，教练一眼看中了她，把她招入市队。

无论是烈日严寒、刮风下雨，她的训练从来没有间断。有一次下了很大的雪，家里人叫她不要去训练了，她嘴里答应着，却依然偷偷去训练。

"宝剑锋从磨砺出，梅花香自苦寒来！"艰苦的训练带来成绩，她顺利被招入省队。

为了训练，她曾五年没回家，每天几乎都是六小时的高强度训练，终于让她成功入选中国女子龙舟队并担任主力桨手。在2010年的广州亚运会龙舟比赛中，她与队友一起奋力拼搏，获得女子1000米、500米和250米直道竞速比赛的三枚金牌。

2012年她光荣下队，下队后到大学深造一直是她的梦想。另一方面，这七八年以来，赛艇让她获得了无数鲜花、掌声和荣誉，划艇早已成为她生命中不可或缺的一部分。

国家培养了自己，一定要为祖国的赛艇事业贡献自己的一份力量！

她放弃继续求学的想法，来到佛山市实验中学担任赛艇教练，实现人生的华丽转身。

她亲自到各省市去招收身材高大、身体素质好的学生，然后检体，体检合格的正式成为队员。不会游泳的先教会他们游泳，然后就可以进行大集训。

她既是教练，又是后勤保障。队员的注册、生活上的事情、与队员家长的对接、感冒发烧带队员去医院等都是由她来负责照应。队员们的训练风雨不改，如果下了雨，训练后，她又得赶回宿舍为他们煲姜汤驱寒。

她在训练上严格要求队员们，在生活上无微不至地关心他们。在队员们心里，她既是严师又是慈爱的大姐姐。

刚加入赛艇队时，有些队员怕辛苦、想家，内心挣扎产生退却的心理。她就把自己当年的经历告诉他们，哪怕是大雪纷飞也没有阻挡她坚持训练的决心；她还把一些励志的视频、影片放给他们看，鼓励他们克服困难，要牢记自己成为一名赛艇运动员的初心。

她勉励他们说："不是每一位青少年都可以成为一名赛艇运动员的，大家要珍惜这个来之不易的机会，把心安定下来，并且立志成为一名出色的运动员，完成自己的使命。"

通过"立志"激扬起他们的斗志！

在她的不断激励下，队员们摆正心态，投入到艰苦的训练中。风吹雨打、日晒雨淋，他们柔嫩的皮肤变得黝黑粗糙了；手上长起老茧了；湿透身体也得坚持两三个小时的锻炼，这需要他们高度的自律。

每当身体动作、桨叶运行、推拉桨及桨频、艇的平衡起伏等基本技术水平进步一点，他们的自信心就会提升一分。

他们的内心从开始的挣扎甚至抗拒渐渐地接受、热爱这项高强度的体育运动。随着自信心的树立，又激发起他们挑战下一个目标的欲望。

体育运动能力的进步伴随着内心自信的成长！

李媛媛语重心长地跟队员们说："在艰苦的训练过程中，只要能克服种种困难，坚持下来，吃得了'体育'的苦，以后无论干什么准能成!"

体育运动是磨炼一个人意志品德的最佳途径!体育还可以让人变得"更高、更快、更强",拥有体育精神的人,面对各种压力和挑战,会以一种积极良好的心态去面对,从而更好地去完成。

队员中有相当一部分是"00后"独生子女,他们从小就在父母的呵护和万般宠爱中长大,从来没吃过苦头,抗压能力不强。

经过一段时间的刻苦训练,在江河湖泊等大自然的水域中接受风吹雨打、日晒雨淋的洗礼,不但强健了体魄、提升了身体素质,更磨炼了他们顽强的意志和昂扬向上的奋斗精神!

有一件事让李媛媛特别难忘。2018年8月的广东省运动会,滕鹏安教练和她带着队员们代表佛山参加赛艇比赛,到最后一天,之前的赛艇项目一块金牌都没有获得。最后一场是女子团体赛,她们都渴望获得金牌,实现"零"的突破,为佛山体育事业争光。压力大,任务艰巨!但"不懈奋斗,永不放弃"的精神让她们有着一个坚强的信念:一定能赢!

为了不给运动员太大的压力,让她们以良好平和的心态去参赛,李媛媛对她们说:"你们尽力就好了。"

运动员下水前,紧紧地抱成团,大声喊着"加油",足足喊了十分钟之久,在场的人都被感动了。

她们鼓足了勇气,也鼓足了信心,像一艘灌满风的帆船,驶向成功的彼岸!

她们紧密团结、互相协作、不畏对手、奋勇前进,终于以微弱的成绩赢了东道主,获得当届省运会赛艇的首块金牌。

滕鹏安、李媛媛夫妻双双被佛山市文化广电旅游体育局评为"广东省第十五届运动会优秀教练员"。对于上级的认可,两人内心都充满感动。两人都觉得,如果没有佛山实验中学提供的平台，没有学校领导的大力支持，就没有今天的成绩。

滕鹏安是佛山赛艇队的主教练，每日、每周、每月科学的训练计划都是由他制定，其他教练围绕他的计划来执行，科学严格地落实计划。

不管是酷热的夏天还是严寒的冬天，他都坐在船艇上指挥运动员，根据队员的自身特点和实际情况，不断做出方案调整并落实到位，迎着朝阳、伴着夕阳是他工作的常态。

为了让滕教练有更多时间投入2020年广东省"中国体育彩票"青少年赛艇锦标赛的备战训练，她不仅成为他事业上的好搭档、好助手，还是家里的贤内助，把一切家务活都包揽下来。

经过两个多月的科学备战，佛山实验中学赛艇队代表佛山出征省锦标赛，在全省赛艇最高舞台上崭露头角、勇夺三金，取得全省第三名的好成绩。

2022年"省运会"前，李媛媛密切配合滕鹏安，紧锣密鼓地训练队员们，全力备战。

她心中有个梦想：争取实现省体育局下达的各项任务，为国家输送体育人才。她深深地明白，少年强则国强！

守护"星星的孩子"

自闭症又称孤独症，是广泛性发育障碍的一种亚型，以男性多见，起病于婴幼儿时期，主要表现为不同程度的言语发育障碍、人际交流障碍，兴趣狭隘和行为方式刻板。患有自闭症的孩子如天上的星星，在遥远而漆黑的夜空中独自闪烁着，你走不进去，他们也出不来，因此他们被称为"星星的孩子"。

（一）

毕业于上海交通大学的机械设计工程师赵赣湘退休后，来到佛山市南海区，与女儿一家团聚，享受含饴弄孙的天伦之乐。

生活却跟她开了一个玩笑。

2007年下半年，她发现一岁多的小外孙还不会说话，对很多事情都听而不闻、视而不见，不感兴趣，跟人也不亲近。以为是听力出了问题，家人带着孩子辗转多家医院检查，都查不出真正原因，后来在广州一家医院被确诊为典型的自闭症。

听到诊断的那一刻，她感觉天都快要塌下来了，两天两夜以泪洗面：这么漂亮可爱的孩子，为什么会得这种病呢？

痛苦过后，仍然要积极面对生活！

当时佛山自闭症培训机构非常少，每天她和女儿坚持送孩子到广州的培训机构进行康复治疗。

在"广佛"两地间起早摸黑奔波了三个月后，2007年底，赵赣湘做出了一个决定：为外孙创办一家培训中心，同时帮助更多有需要的自闭症儿童。

她听到许多来自各方的反对声音：一个学机械设计的退休工程师去做康复培训，又没有经营管理经验，哪能办得下去啊？

她却义无反顾，一往无前！

她给培训中心起名为"红鹦鹉"。自闭症儿童有个典型特征就是"鹦鹉学舌"，她希望这些孩子终有一天能够像鸟儿一样自由翱翔，融入社会；也希望这份事业能"红火"起来，帮助更多有需要的孩子。

一切都要从零开始。

她在佛山市南海区桂城街道一家人流量很大的商场租了场地，月租金就达四万多，请了八位特教老师，购进教学设备。刚开始的半年，培训中心只有三个学生，其中一个是她的外孙。她从来没经营过生意，也不懂管理，更不会利用网络手段做宣传。她把自己毕生的积蓄和女儿支持的费用都投入培训中心。此后连续两年学生都很少，一直入不敷出。

为了外孙，为了来培训中心的这些孩子，她却坚持下来了。

"因为我很喜欢孩子。"她柔和慈爱地说。多么质朴的理由！她用自己的一颗慈爱之心守护着这些"星童"。

特教老师不够，她就亲自到珠海、深圳、广州、长沙、广西南宁等地招人回来。

办学经验不足，她就自费去香港、深圳、广州等地的康复机构参观学习。已经五十多岁的她，拿出了当年学习的劲头，到处上课培训，不愿错过任何一个关于"星童"教育的学习班和研讨会。班上的同学大多是二十多岁，她是年纪最大的，为了这群慢飞的小天使，她需要不断努力学习。

"每个孩子都是上天赐予的小天使，得了自闭症不是孩子的错，也不是父母的错。他们还有漫长的一生要度过，我们要竭尽全力去帮助他们。"她感慨地说。

　　根据孩子们的实际情况，她与特教老师们一起努力探讨研究，创新了一种"三级跳"的教学模式。

　　第一级为初级班，也叫彩虹班。该班是一个基础班，大部分的小朋友存在着一系列的常见问题，如语言沟通障碍、发音不清晰、无社会交往意识、行为刻板、认知理解较薄弱等一系列行为问题。主要开展针对性的教学模式，运用专业评估设计出一对一的教学方案，开展"八大领悟"的针对性教学方案，设立有针对性、一对一的个训课、感觉统合课、认知理解课、生活自理课、户外体能课、言语沟通课、艺术课、精细课、社会技能课、RDI 游戏课等一系列课程，为"星童"们的模仿、认知、感知觉的全面提高建立良好的学习基础；同时在遵守纪律、学会学习、学会照顾自己等方面得到全面性发展。

　　第二级为中级班，也叫太阳班。该班的学生大部分由中心彩虹班选送升班，学生具有较清晰的语言能力、较好的运动能力及基础的综合认知能力等。教学模式主要根据市残联要求，结合幼儿的实际能力，以"五大领域"为中心，设计丰富多样的教学活动，如认知理解课、感觉统合训练课、游戏课、音乐课、美术课、户外实践课等。以实现幼儿在身体、认知、情感、社会性等方面的和谐发展为目标，具有全面性。

　　第三级为幼小衔接班，教学模式为教学生活化和户外随机教学，配合体适能的训练模式，让"星童"们的身心均得到良好发展。课程有生活语文 、生活数学、感觉统合和户外体能、音乐美术、居家生活和社会规则适应等。课堂上"个训感统"相结合，所学知识及时得以泛化，科学试验和居家训练让孩子们的动手能力更强，音乐美术让孩子们心情愉悦。课堂外"链接"各种社会资源，通过户外活动、演出、比赛等让孩子们有更多社交机会，全面培养孩子们的综合能力，为孩子们上小学打下坚实的基础。

在"一切为了孩子，为了孩子的一切，让他们早日融入集体"的理念下，通过赵赣湘和特教老师们的辛勤努力，"星童"们从没有语言到有语言，从不会与人沟通交流到会与同龄的同伴交朋友，最后融入社会。

当"星童"喊出第一声"爸爸妈妈"时，爸爸妈妈们都热泪盈眶，为了这一声的等待真是艰辛而漫长啊！

在场的赵赣湘也流下了感动的泪水，同时也更加坚定了办机构的决心。

十多年过去了，她送了一批又一批的孩子到普通幼儿园和小学读书，超过一千位"星童"在"红鹦鹉"教育培训中心接受康复训练。凡是学会说话的孩子，一见到她就亲切地喊"奶奶"。

一声声的"奶奶"对她来说就是一种安慰，那是她用爱守护着的"星童"们给她的最好回报。

（二）

自闭症患儿的康复之路非常漫长，单是每个月的学费加上伙食费就高达三千多元。尽管政府对当地的自闭症儿童每月有一定的资金补助，然而庞大的康复费用、微薄的工资，使许多"星爸星妈"面临着巨大的经济压力。

尤其对于外来务工家庭中有自闭症患儿的，他们享受不到任何的补贴。

赵赣湘看到有些孩子训练一段时间，刚有了进步，开始开口说话了，很有康复的希望，却因为他们的父母交不起学费，被迫放弃了康复之路。她发自内心感到特别的沉重。

她想：外来务工人员也是这个城市的建设者，为这个城市奉献过、付出过。如今，他们面临着困境，更需要得到帮助。自闭症儿童也是一条鲜活的生命，如果错过了最佳康复期，他们的将来对国家来说也是一个大的负担啊。

一位来自外地的自闭症儿童，刚来"红鹦鹉"时脸上总挂着鼻涕，嘴角流着口水，见了老师和其他孩子总是露出惊恐不安的表情，总往教室的角落里躲，一声不吭。她走过去，轻轻地抱着孩子，抚摸着他的后背，把自己对他的爱通过眼神传递给他，让孩子在温暖的怀抱里有了安全感。慢慢地与孩子建立了一份信任。一段时间后，孩子不再往角落里躲了，还会亲切地叫她"奶奶"。

可是有一天孩子的妈妈对她说，想放弃训练了，一边照顾孩子，一边打散工的她实在支撑不起高昂的康复费用。

看着这个已经走在康复路上的孩子，听到这个消息，她感到非常难受。

一个念头划过她的脑海：一定要帮助这些有困难的"自闭症家庭"。

一个人的力量是有限的，她希望发动更多的社会力量去帮助这些孩子。

除了打理"红鹦鹉"的日常事务，她开始四处奔走，筹办"星童"画展、"星童"文艺会演、"星童"运动会、爱心午餐、募捐等活动，呼吁社会各界关注和帮助自闭症儿童。

从 2011 年开始，成立"爱星通道"，这是由"红鹦鹉"培训中心为家庭经济困难的自闭症儿童发起的一项计划。爱"星"人士可以从资金、物品、精神等方面入手，可以与自闭症儿童结对，捐助的方式可以自由选择。

资金捐助可以用于自闭症儿童每个月的午餐，每个月从家到训练机构的来回路费，部分的康复训练费用等；

物品捐赠可以作为学习用品、生活用品、教学玩具等，新旧均可；

精神捐助包括：在公共场所遇到尖叫、抓人等存在问题行为的自闭症儿童时，以宽容心对待；鼓励自己的孩子与社区自闭症儿童成为友好的伙伴，这对改善他们的社交能力很有帮助；以合适的方式体谅、安慰和鼓励自闭症的父母；遇到无人陪伴的疑似孤独症儿童时，立即报警，并尽量安抚他们的情绪；为有需要的自闭症儿童家庭和康复机构提供志愿服务。

在赵赣湘的努力下，超过三百个爱心企业家和爱心人士投身于关注、关爱自闭症儿童行列，他们对在"红鹦鹉"培训或者想进入"红鹦鹉"培训的困难自闭症家庭进行了全方位的援助，让"星童"们得到了及时的康复治疗。

（三）

"红鹦鹉"教育集团的特教老师们大部分是年轻的女孩子，她们是赵赣湘亲自到学校招聘的专业老师：有学特殊教育的、学医的、学音乐的、学心理学的、学学前教育的等。

教师是太阳底下最光辉的职业，刚踏出校门时，她们对未来充满了憧憬。可是，对特教老师们来说，面对的却是一群有生理缺陷的孩子，还有来自他人的种种不理解。她们没有像普通学校的老师那样，获得一份成就感。

特教老师们要思考学生要学会什么，怎样去学，要教什么，怎样去教；她们不需要辛苦批改作业，但要帮学生们擦鼻涕、洗手洗脸、换衣裤；还要耐心地教导他们不要随地吐口水、吐痰，不能咬手指……

他们付出很多，收入却并不高。民办幼儿园的老师都有政府补助，但特殊教育机构的特教老师却没有。

看到特教老师们的困惑甚至是迷茫，她耐心地鼓励她们："面对这些'星童'，需要的是我们更多的耐心、爱心、责任心和恒心。一个'星童'的康复就是造福一个家庭，将有利于维护社会的和谐稳定，这难道不是我们人生价值的体现吗？当我们的学生和正常孩子一样，阳光快乐地成长，融入社会的时候，我们难道没有幸福感和崇高感吗？"

自闭症儿童的康复并不代表完全正常，只是比以前改善了。政府对当地14岁前的自闭症儿童都有"补助训练"。

特教老师们除了上课时间，下班后还要继续为一些康复后融入幼儿园、小学的孩子继续做训练，培养他们学习上的专注力，进一步排除障碍。

这群年轻的老师把心中的爱和时间都献给了"星童"们！

在赵赣湘的心里，她们不但是"星童"们的老师，也像是自己的女儿。她关心她们的工作，也关心她们的生活。为了帮助她们找到自己的终身伴侣，她想出一个办法，让心灵港湾单身俱乐部与佛山市关爱自闭症人士协会携手举办庆"三八"特教老师联谊会。"红鹦鹉"的特教老师们力拔头筹，收到了六枝玫瑰花，获得人气女王称号，也展开了美好甜蜜的恋爱旅程。

（四）

自闭症儿童更需要的是来自父母的关爱。赵赣湘经常跟"星童"的爸爸妈妈交流说，不要以为把孩子送到培训机构，就可以完全依赖机构的训练，你们也应该学会在家训练孩子。

她总是创造、利用一切机会，提供平台让家长们学习。2014年10月29日，她邀请美国哈佛大学自闭症研究会会长孔学君博士，为佛山市自闭症儿童的家长演讲"如何利用医疗、食物及早期干预训练，改善自闭症儿童不良症状"，为佛山市自闭症儿童的家长带来希望、增添信心。

她还经常组织举行"关爱自闭症儿童"家长示范性项目的培训班。

为了让"星童"们得到更良好的康复，她还成功申请了两个公益创投项目。

利用晚上的时间，请来专业音乐老师，给自闭症儿童上音乐课，希望通过艺术的方式打开"星童"的心门；

为"星童"们建立不一样的"功夫梦"，利用咏春拳某个简单的姿势或者动作，让多动的"星童"在关注动作的过程中，能够逐渐定下来、静下来，从而训练他们的"定力"。

哪怕只能对"星童"的康复起到一点点的促进作用，她都愿意为之付出加倍的努力。

（五）

赵赣湘并没有宣传自己的培训中心，在家长们的口口相传下，来"红鹦鹉"的"星童"越来越多，学位也逐渐紧缺。

为了更好地整合社会资源，同时增强自闭症群体的凝聚力，2013年她联合佛山市十多家特殊儿童康复培训中心，成立"佛山市关爱自闭症人士协会"。

协会成立以来，除了打理机构的日常事务，身为会长的她更忙碌了：为争取外来务工群体自闭症孩子康复补贴而奔走，为提高自闭症康复机构补贴、特教老师群体待遇而努力。除此以外，每年还要筹办两项大型活动——"星童"文艺会演和"星童"运动会。

12月3日是世界助残日，每年的这一天，"佛山市关爱自闭症人士协会"都会举办"星童"运动会。参与的特殊教育机构有二十多家，参与的家长和"星童"共有一千多人。运动会设有六个项目："星童"参与的、老师参与的、"星童"和家长共同参与的各有两个。

她说："举办'星童'运动会的目的是希望给'星童'们提供一个实境，让他们得到锻炼。例如，二人三足的项目是培养'星童'懂得比赛规则，平衡脚踏车是培养他们的竞争技能，扔皮球则是培养他们的手眼协调能力。但这么大的场面，他们有时会害怕，不一定会听指令。而搭建这样一个平台，是重在参与。"

每年举行这样的大型活动，一般都要七八万元，她总是亲力亲为，不遗余力地到处奔走、拉赞助，保证每年每期活动都能如期举办。

她用自己一颗慈爱之心守护着这些"星星的孩子"。因为她的这份大爱，她先后被授予"广东好人""佛山好人""佛山最美助残人"等称号。

对于这些称号，她一笑置之，每天仍然坚持"朝七晚七"的工作状态。女儿心疼她，劝她早点"退休"。她却乐呵呵地说："做到做不动为止。"

如果没有对这份事业、对"星童"们发自内心的爱，是不会说出这样的话的。她把对外孙的一份爱传递出去，托举起"星童"和他们的家庭，给予他们人生的希望！

生命的跃升

（一）

1993 年，出身于教育之家的巧玲高中毕业了，身为校长的父亲希望她能够像自己一样，从事太阳底下最光辉的职业。她不想当"孩子王"，心中有着自己的想法，拿着父亲给的学财会的一万元偷偷去学了美容。

爱美之心人皆有之，更何况是"二九年华"的女孩，都有一个"美丽梦"。

当父亲知道她没去学财会而学美容，思想传统的他被气得暴跳如雷，从来舍不得打骂女儿的他把她狠狠地骂了一顿。同时，他也深知女儿特立独行的性格，一旦决定下来的事她必定勇往直前！

她没有给自己留退路，尽管开业之初有许多来自各方的不理解，她却在美容行业坚定地走了下去。不少女性通过美容变美了，气质提升了，也越来越自信了。她用自己规范化的专业美容经营赢得了口碑，客源也越来越多。

2010 年．她与另外两位年龄相仿，在佛山当地美容行业都有一定建树的女子，毅然将各自己有良好收益的美容机构合并，重新创建新品牌，成立佛山悦泰美健康有限公司。

三位老板特别感恩一直追随自己发展美容事业的员工，她们从十几二十岁就跟着自己，如果没有她们，自己的美容事业也不可能一步步地成长壮大，自己也不可能驰骋在这个大舞台上。是员工给了自己信心和动力，三人从内心定位：一定要给这些员工一个发展的平台，立志为她们创造一个"物质与精神"都丰富的平台，回报她们的付出。

从为个人创业到为员工创造一个发展平台，三人的心量大了，初心升华了。

机缘巧合，她们认识了一位教中华传统文化的老师，老师问："除了赚钱，你们还希望把员工、客户引领到什么地方？"

这个问题像一把沉重的锤子敲击着她们的内心。是啊！人生的意义到底何在？

老师的问题如当头棒喝，让她们对生命的意义有了重新的思考：如今做的仅仅是一份事业吗？通过这份事业能将生命带到何方？可以为别人带来什么利益？可以帮助多少人？

2012年，她们开启转型之路，研究客户需求，发现现代人深受亚健康困扰，严重影响工作甚至家庭。

三人一起到广西南宁同有三和中医基地（扶阳派传承基地）拜访刘教授。与这位名中医对话后，她们便默默在心中立下志愿：中医可以救人，要把这么好的中医技术带回自己的家乡，使家乡人民受益，回报生养自己的父母，回报家乡人，回报社会，并为之而奋斗终生！

志向的引领下，她们数次寻访民间中医，终于找到以传统中医养生扶阳学说为理论支撑，以艾灸这个中医外治领域为切入点的市场。

公司采用"走出去，请进来"的机制，哪里有好的艾灸中医养生技术，就去哪里拜师学艺，上至管理层下至员工都去学，培养技术人才。

员工学习后，相互把对方作为技术操作对象，帮忙做艾灸。她们当中有些到了婚育年龄，由于身体过于寒湿，结婚好几年都没怀上孩子。用艾灸调理一段时间，居然怀上了，有的还生了双胞胎。员工受益了，就把艾灸产品带回家送给父母、亲戚、朋友，让家人也受益。员工有了亲身体验，和客户分享时更有说服力，也更有信心了。她们都从心里认可这份事业，觉得很有价值和意义。

正因为有了员工、客户、家人对艾灸的认同，考虑到让更多人受益于拥有五千年中医文化的艾灸，她们成立了以传播艾灸功效为主导的"艾功夫百万微笑公益行"活动。

"百万微笑"顾名思义就是公司的艾灸师去到不同社区、老人院、企事业单位，通过公益艾灸的方式收集 100 万个笑脸。活动开展后大受欢迎，人们在尝试几次艾灸后，腰痛、腿痛、肩颈痛等得到缓解甚至治愈，一传十、十传百，广而告之。每次在小区、居委、镇街小摊一摆就有很多人过来。

当人们从缕缕艾香和温热灸法中缓解身心、消除痛楚，都发自内心地感谢为他们艾灸的姑娘们。而感受到被尊重、被认可的艾灸师们内心也越来越柔软，内在的价值感和崇高感又进一步激发出她们对这份公益事业的热爱。

巧玲分享时无限感慨地说："做第一场公益艾灸行的时候，只想温暖一些人。在做的过程中发现很有意义，就做成公益品牌，定时定点地去做。随着档期的累加、课时的累加，十年过去了，真的没想到居然可以温暖到十八万人。"

令她印象特别深刻的是，有一次下雨天，公益行没因为下雨而暂停。有位老大爷脚痛，姑娘蹲下来细心为他艾灸，他就为她撑着伞，场景非常温馨感人，拍下来的照片还被媒体题名为"你为我艾灸我为你打伞"。

企业的三位创始人还希望通过公益行影响到同行，她们经常对艾灸师们说："今天我们在小区、居委、镇街等地方免费为别人的父母和有需要的人做艾灸，在另一个地方，相信也会有我们的同行在为我们的父母、朋友的父母做艾灸。能够有这么好的中医瑰宝服务我们的家人、朋友，我们是多么的安心啊。我们为他人的父母付出的同时，不也可以引领到同行为我们的父母付出吗？"

正是她们把以艾灸为特色的中医保健带给家乡人民的决心，以及对技术的精益求精，帮助客户解决了不少问题，业务量也随之蒸蒸日上。

自从开放"二孩"，不少人都想生二胎。现代人的工作压力大、环境差加上寒湿体质的人偏多，很多人难以怀上。她们慕名来到"悦泰美"，经艾灸师们用心、细致调理一段时间后，不少人怀上了，生下来的孩子都身体强壮，特别聪明机灵。她们亲切地称这些孩子为"艾宝宝"。

有一位客人，放开"二孩"时已接近高龄，她希望通过西医手段快速达到怀孕目的，去做试管婴儿，不断地吃药、打针，经过一年多的时间都没怀上。她不再抱什么信心，想放弃，但身体已为此付出代价，心理也受到一定的打击。她慕名来到"悦泰美"调理身体，在调理过程中，却收获了意外的惊喜，顺利怀上了孩子。

有一位客人的父亲七十多岁了，身体出现问题，医生建议他做手术，家人意见不一，作为女儿的她觉得很迷茫。巧玲了解情况后，请来"悦泰美"的医生，为客人的父亲分析病情，建议相对保守治疗，提高生命质量。通过艾灸调理身体，起到一个提升免疫力、屏障保护的作用，正所谓"正气内存，邪不可干"！

"悦泰美"希望客人通过中医艾灸养生，给身体竖起一道保护屏障，从而"挡"在去医院的路上，希望客人们"少得病""得小病"。

她们还分享了一件一直烙印在心里的事。

一位调理身体的客人，到医院检查时发现自己得了胃癌，已经是中晚期了，决定回乡下调理。老板亲自给客人退了卡，还送了一些艾灸产品给她，又捐了一些钱对她表示一点心意。

虽然如此，对这位客人，她们却有一份歉意涌上心头：如果当时的艾灸技术更好，在资源更多的情况下，或许就能帮到她。看到客人的痛苦，自己却显得无能为力。

这件事情更让她们下定决心，要对艾灸养生的技术精益求精，为客人解决身体上的问题。

每年年初被定为公司全员技术升级时间，把老师请回来，在技术方面整体提升，然后用到工作中，作为技能考核。

企业宁愿关门不营业，也要让员工学习提升。她们语重心长地对员工说："我们要将生命注入工作，将感恩注入'灵魂'。能真正带给顾客健康的，是我们以传承中医文化为己任的信念！"

初心又一次得到升华！

升华后的初心是为了帮助、利于更多的人。这份利他之心通过回流，使公司的业务蒸蒸日上，经过不断拓展，十年间她们开了十四家分院，员工达二百多人。这三位创始人确立了下一个十年的战略目标：希望在全国各地开一千家分院，帮助更多的人。

（二）

"父母爱孩子的心不可估量，老板爱员工的心也不可估量！"她们无数次在员工大会上深情地说。

这些员工有十七八岁的、二十多岁的、三十多岁的，人生中最美好的青春年华都在"悦泰美"度过，自己该拿什么来回报她们呢？员工义无反顾地跟着自己一年、两年甚至八年、十年，三位老板内心中充满了感动、感恩，想方设法要栽培员工，让员工接受技能教育。学习中华传统文化后，通过领悟和体证，对员工的爱升华了：员工的父母将女儿托付给自己，除了让孩子们有一份好工作，更要引领她们成长！

以前，出于心中对她们的爱，三人是以"保姆式""大姐姐式"相处模式去对待员工，在生活、工作中尽量照顾好她们，满足她们的需求。

公司的员工中，有相当一部分是独生子女，拥有她们这代人的明显标志——"富有个性，比较自我"。她们的爸妈年龄都不老，工作能力还很强，不需要她们养家糊口，只要养活自己就可以了。这些女孩子工作上没压力，也没有方向感。但她们都有一个特点，只要信任她们、鼓励她们，她们就很愿意去担当。

有时候，员工觉得工作不开心或者与主管有了争吵，就辞职不干。这时候，老板就得从百忙中抽出时间跟她们谈心、聊天，引导她们打开心扉。

有些员工失恋了，夜里打电话给她们，哭诉说"失恋了，活着没意思"。从睡梦中惊醒的老板就得耐心地跟她们谈心，做疏导工作，然后再联系她们的父母。

还有一些员工在选择婚姻时，价值观并不是很成熟，老板就跟她们分析该如何选择终身伴侣，被恋爱冲昏头脑的人却局限在自己固有的思维里。有的结婚后遭遇家暴，半夜三更打电话给老板，疲惫工作了一天的老板又得从被窝爬起来，到员工家里看她们，带她们去医院，又报警协调两人的夫妻关系。

还有一些员工没有办暂住证，孩子到了上学年龄，政策上不符合条件，她们又得忙着帮她们去协调……

面对那么多员工，工作上、生活上面临的种种问题、烦恼甚至痛苦，一天的时间只有二十四小时，以一己之力、"保姆式"地帮助员工，她们觉得越来越心力交瘁，越来越拖不动了。

"家长换成保姆"的角色是错位的。初心变成了"枷锁"，充当负面情绪的"垃圾桶",享受着被她们需要的感觉,当初的"错知错见"已经让她们超负荷了。

2014 至 2016 三年间的外部和内部环境发展都很顺利,财富的递增、行业内的名气让她们渐渐偏离了轨道,人生面临着困惑。

另一方面,企业呈现出来的虽然是蓬勃向上的发展趋势,她们却越来越觉得在老板与高管、经理与中层、中层与员工之间,老板的指令最终落到一线的仅有百分之二十,难以执行。

三人都觉得自己的人生乃至企业遇到了天花板,感到焦虑和忧郁。

如何打破天花板,从困境中走出来呢?

2017 年一个偶然的机会,她们看到一个视频,被视频中一位年轻人的一句话深深打动了。他满怀激情地说:"我要带领一群年轻人来到深圳这座城市,找到生命的意义,过上有尊严的生活。"

创业的"七年之痒",自己的初心开始涣散、迷失的时候,他的话如同当头棒喝,让她们幡然醒悟:这不也是自己的初心吗?

这位年轻人就是业内有名的青岛芳子美容院创始人的儿子龚臣, 她们曾经跟他有过几面之缘。内心有一个声音响起来:应该去找他,迷茫和困惑可能会找到解决的方法。

她们听从内心的渴望与呼唤,放下工作,驱车到深圳找到了他。

他把一本名为《致良知》的书送给她们,并且将心比心地引领她们走进"致良知"传统文化的学习。她们敬佩他广阔的胸怀和无比真诚的奉献。

从此,三人开启了生命与事业跃升的新篇章。

2017 年 6 月 10 日开始,她们牵手圣贤,走上"致良知"的学习之路。她们用手机下载"致良知"圣贤文化 App，每天读书打卡交作业，还参加了北京雁栖湖企业家论坛。这些都是以前没尝试过的，她们不断地突破自己、提升自己。随着学习的深入，格局打开了，境界提升了，心中的"宝藏"也逐渐被开发出来。半年后，她们让公司高层进入线上与线下的学习体系；2018 年全公司员工走入中华文化的殿堂，导入"致良知"学习，全面铺开、牵手圣贤。

公司把"致良知"传统文化的学习渗透到每天的早会、大型会议。与公司的艾灸中医文化相结合，从员工的工作行为、模式、工作思维、绩效机制层层落实，让她们明白为什么要从事这项事业，让她们深刻理解从事这项中医养生保健事业并不仅仅是为了自己的工资、提成、晋升考核，更是为了客户的健康，同时将中华文化、中医传承推广出去，让更多的人受益。

员工从为自己、为自己的店、为自己的公司到为更多的人，再到利于社会、国家，她们的心胸和格局一次次地被打开、被提升，原来很多生活、工作、家庭中的问题也不知不觉地变小，甚至消失。

事情还是原来的事情，但心已经改变。驾驭自己的心，不掉在"苦""难"的泥途中，超越它，让自己"立"起来！

不断向内求的时候，就能够"扛"得起事。

以中华文化为支点，心不外求，最大的收获是"心安"！

"致良知"传统文化的学习让三人深刻认识到：以前"保姆式"对待员工只是一种小善小爱，随着企业的不断发展，所起的作用微不足道。把心灵成长的责任与使命交还给她们，让她们知道在家庭、公司、社会都肩负着怎样的责任和使命；把她们的无限可能打开，就会呈现出焕然一新的局面。

不断开发员工的"心灵宝藏"，是企业老板对员工最大的爱！她们用心中的大爱把员工托起来，让她们独立、有思想、有远见，遇到问题就不再是什么问题了，她们已经有能力消化、解决。

对"悦泰美"的员工来说，老板给她们最好的嫁妆，就是提供学习、提升自我的机会。学习成长让她们从"一楼"跃升到"二十楼、三十楼"。面临同样的问题，因为境界和格局的不同，解决方式已经截然不同；让她们从个体到妻子、母亲，再到家庭的中坚力量，都能从容不迫地担负起责任。

"生命成长比事业成功更重要。"这是公司全体员工达成的共识，同时在公司也逐步形成"上下同欲，上下一心"的局面。

"致良知"学习后，公司每年都举行"中秋孝行爱回家"活动，巧玲和两位合作伙伴不远千里，带着礼物和心意驱车访问来自各地的员工的原生家庭，了解员工背后的成长经历；通过父母对她们的鼓励，让她们心里感受到来自家人的温暖；向父母汇报孩子的工作情况，让他们放心；对那些处于青春叛逆期的员工，则担负起桥梁作用，让父母与孩子连接、沟通互动……

她们愿意利用更多的时间去关心员工的心灵成长和性格培养，以父母之心希望员工好，与员工相互赋能。

（三）

"使用最好的产品，价格合理，通过中医技术的调理，为客户解决身体上的问题，就是帮到了客户。"这是她们学习"致良知"前的认知。

通过学习，她们打破了思维上的天花板，把原来的经营理念"生命共成长，温暖悦陪伴"提升到更高的层面。

学习后她们真正读懂了客户的"痛"：在家庭、婚姻、工作上所面临的困境。

"致良知"学习刚开始时，驱动员工的心灵成长是有一些困难的，但可以通过驱动客户，让客户驱动员工。

她们把一本本《文化自信与民族复兴》《致良知》送到客户手中。每个人的内心都渴望心灵的成长与富足，客户有成长意愿，员工也会有这样的意愿，既引领客户走"进"中华优秀传统文化，又促进员工学习，让员工与客户建立起"生命共同体"。

引领客户成长，是商业真正的最大价值！

自己遇到的问题，客户、同行也可能会遇到。她们开始思考：我到底能为客户、为行业奉献什么呢？做企业，赚钱不是目的，只是一个结果。做企业的目的是让更多的顾客受益，帮助顾客解决实际问题。她们决心要成为中华优秀文化的引领者、传播者、志愿者。2019年开始，她们引领员工去到客户的企业、同行企业做"三小时工作坊"，利用线下同频共振，共同成长，提供更多的学习机会。

中华优秀文化是解决人生重大问题的文化！

"三小时工作坊"，她们讲"知行合一"学习法，教大家如何通过明心净心找出心中的"错知错见"，讲述"心一道一德一事"人生四部曲的内涵，如何建立家庭会议机制等。与员工、上游供应商、客户及周边构成一个强而有力的常态学习集体，再逐渐扩大，影响到社会上不认识的、渴望成长的个人和团体。

她们不断利于他人的同时，也在不断提升自己的心灵品质，提升自己的境界和格局。

看着越来越多的客户越来越健康美丽、成功，看着员工从青春年华到建立家庭，生活越来越美好，这就是她们"坚持奔向志向"的动力源泉。

2020年是"悦泰美"十周年店庆，公司举行客户代表专访活动，把客户请到公司交流互动，她们尊称客户为老师。"三人行，必有我师"，客户不仅仅是消费者，还可以是自己的老师。客户分享自己与企业一起成长的故事，还有自己的人生观、价值观。她们认为，客户的人生阅历、智慧、思维、境界，都是一笔不可多得的精神财富，尤其能对年轻的员工起到很好的激励作用。

一位客户在分享中谈到，公司的员工、老板对她的关心和关怀让她深受感动，从而成为公司的忠实会员。有一年，她得了一场病，这场病让她有了重度的抑郁症，身体和心理都有了负担，她甚至想轻生。店里的员工虽然不知道她出现那么严重的情况，却对她很关心，即使她没到店，也不定期地打电话关心她。她经常要出差，留在佛山的时间不多，但只要回佛山，第一时间就到"悦泰美"。因为在那里，她深深地感受到店员、老板对她发自真心的关爱。后来，她逐渐从抑郁中走出来，学舞蹈、礼仪、中医等，过上了"舒展"的人生。她感动地说，是"悦泰美"挽救了她。

听完这位客户的分享，她们有了一份深切的体会：这件事情给予员工很大的成就感。工作不仅仅是养家糊口、晋升事业的阶梯，还可以通过一点一滴的事情去帮助别人。虽然这些事情很平凡，却因此挽救了一条鲜活的生命，价值已经远远高于所赚到的钱了，员工们更有价值感、成就感甚至荣誉感了。

只要用心就可以帮助到别人，激励着员工，使员工更有使命感！

每当客户生日，她们会给客户送圣贤文化书籍，与员工一起引领客户到老人院、福利院做公益。同时也提升员工对待生命成长的重视程度。用生命影响生命，在互相见证的氛围中砥砺前行！

一个人可以走得很快，一群人可以走得更远！因为把客户装在心里，理解客户的渴望和需求，她们在短短的时间内就创造了艾灸仪。这份创新力源于对客户的真诚之心！

"致良知"优秀中华文化的学习，让她们拿到了秘密"武器"——"心灵宝藏"。因为有了这份心的力量，激发了巧玲和合伙人及全体员工在困难、逆境中坚持的力量，促使她们成为奋斗的战士！

2020年是不平凡的一年，在外部环境不确定的情况下，员工的离职率是历年最低的，成长也是最快的。她们带领大家用"3.0"的思维打破了自己的天花板，也打破了企业的天花板。

（四）

三位老板把个人的职业生涯与企业的发展愿景紧密结合：把中医艾灸事业作为下半生唯一的事业，通过这份事业的平台使更多的人和社会、国家受益。

共同的理念、信仰和愿景让她们走到一起，合作了十年。因为有着共同的强烈的生命跃升的愿景，她们的心连接得更紧密了。

她们说："以前是为了赚更多的钱，成就一番辉煌的事业，给员工幸福，给她们提供赢得物质和精神力量的平台。学习'致良知'以后，生命跃升了。中医艾灸养生只是一个'抓手'、一个'连接点'，希望通过这份事业成就更多的生命价值。因为有了员工、客户、供应商给予的无形的力量源泉，受了他们的托付，更加有动力去改变自己，同时有了合伙人之间的相互成长、相互成就，才走到了今天。"

三人达成了共识：企业必须靠心的文化、心灵建设的文化。文化是永远排在第一位的，所有工作的呈现都必须围绕"起心动念"来做决策！

2020年她们一起走过了第一个"十年"，她们一起规划了公司未来十年的战略，又一次强化了对公司的使命担当。

她们满怀信心地说："未来是大健康产业最辉煌的时期，健康中国已经上升到国家政策，'健康梦'助推中国梦。民族复兴必将成就！"

她们又满怀深情地说："在这个伟大的时代，我们是何其幸福！时代给我们机会去担当、施展、付出，我们都应该成为这个时代的志愿者，而不仅仅是为小我而活着。"

她们常常思考：我究竟可以为这个社会、这个国家奉献什么？一定要成长自己、跃升自己，然后担当、付出，带领员工在这个伟大的时代留下自己的"一笔一画"，贡献自己小小的力量，同时也给自己的人生满意的答案，成为年轻一代的榜样。

个人的梦想、企业的梦想和国家的梦想都是紧密相连的！只有国家越来越繁荣富强，人民越来越健康美好，企业才会在这种美好的氛围中茁壮成长；企业的氛围"繁花似锦"，个人的人生也会因为企业、国家而美好。个人与企业、国家是"命运共同体，生命共同体"……

世界因我而美丽，人们因我而健康

一位智慧的老师曾经说过：我活在这个世界，就是为了改变这个世界。我知道，爱是一切创造的源泉。我要用全身心的爱来对待今天，对待每一个人、每一件事、每一株小草……我知道自己的梦想有多么重要，它就是一粒种子。无论我有什么样的梦想，上天都会来帮助我、成就我。如果我是一株小草的种子，天地就会帮助我成为一株小草；如果我是一朵鲜花的种子，天地就会帮助我开出一朵鲜花；如果我是一株楠木的种子，天地就会帮助我成为参天大树。

我要成为这世界上一粒最美丽的种子，让世界因我而美丽！

（一）

霍老师原来是佛山一家针织布厂的老板。2005年，他的一位朋友的十四岁的孩子患上淋巴肿瘤，医生并没有十足的把握救治好，孩子面临着生命威胁。后来，那位朋友认识了一个人，那个人跟他说，让孩子改为吃素。几个月后，孩子奇迹般康复了。

这件事给了他很大的触动，回想自己以前的生活方式，生意场上觥筹交错、山珍海味的交际应酬，如果不反省、不改变，下一个患病的会不会是自己呢？

2006年他下定决心，戒烟戒酒，从饮食习惯改变，开始吃素食。家里人（特别是父母）却提出异议，认为不吃肉食营养跟不上，会影响健康。父母煲汤时放进一些肉，为了尊重双亲，也为了不让他们为自己担心，他会喝上一碗半碗。后来对肉的"腥臭"味已经很敏感，他就再也喝不下了。

他以前的睡眠质量特别差，白天昏昏沉沉、精神不集中，三高、新陈代谢慢……自从进食素食后，他惊喜地发现这些状况逐渐减少，最终不复出现，感觉整个人的精神状态变得很好，记忆力增强，思维敏捷，而且力气变得很大，七十斤一捆的针织布可以一下子举过头；以前每年都因为发烧、喉咙痛、牙疼去医院，吃素后也不再去了。

父母看到他吃素后的精气神更充足，也就不再勉强他了。

孝顺父母首先是要孝养父母的身体，让他们在有生之年得到健康与快乐。从素食中获得利益的他也希望把这份利益传递给父母。

父母在内心里一直不接受素食，引领父母并不是一件容易的事情。到底如何才能引导他们呢？他想出了一个办法。

他对父亲说："父母在世一日健康一日，是每一个为人子女的心愿。您生日那天，就让我们通过吃素食祈求父亲大人健康长寿吧。"看到他恭敬至诚的孝心，父母终于答应了他的请求。

他把父母和家人请到一家环境高雅舒适的素食馆，里面放着悠扬的音乐，摆放的绿植、鲜花让人沉浸在一种清新芬芳的美好氛围中。当一盘盘经过精心烹饪的素菜摆到餐桌上时，大家一下子就被这些独具特色的摆盘吸引住了，品尝后更是赞不绝口，原来素食也可以这样色香味俱全。

第一次的素食体验，就给了父母、家人在眼、耳、鼻、舌方面很好的感受，种下一颗素食的种子，静待以后开花结果！

从那以后，父母、家人对素食没有以前那样抗拒了。以前每逢节假日到外面吃饭，一定是大鱼大肉，后来是偶尔去素食馆他们也不再反对。随着思想观念的改变，他们也在调整平时的饮食结构，渐渐地以素食为主、荤食为辅，父母的身体和精神状态也越来越好。

霍老师有位生意上的朋友，有一次，朋友夫妻俩到他的办公室洽谈生意。到了中午，他把两人带到外面吃素食。夫妻俩不禁惊叹：原来素食当中也藏着大滋味。他趁机向两人分享素食的种种好处。有了吃素的经历后，以前大鱼大肉、无肉不欢的夫妻俩自动减少肉食，根据他的建议多吃蔬果、豆类、菌类、坚果。十多天后，感觉身体轻松自在，思维也比以前敏捷了。后来他们还主动约他去吃素食，还影响到身边的亲友。

长期坚持吃素，让他的内在越来越清净。

尊重生命、爱护生命让他更加看清了生命的本质，他决心用行动去关爱更多的人。

（二）

他毅然放下生意，开启了圣贤教育、《弟子规》等传统文化的学习之路，从而打开一道道觉醒和光明之门。与此同时，他投入到爱心家庭的工作中，看到很多人在病痛中挣扎，非常痛苦和无奈。他希望这些人能得到心灵的呵护和慰藉，于是组织了一个"生命关怀"团队。

他们到病人家中或者到医院，给病人讲解引起疾病的原因，引导他们要以感恩、报恩之心改过自新，重新认识，守好孝道、悌道、夫妻之道、尊重生命、尊老爱幼的本分。

无论对病人还是他们的家庭，都有了一个很好的转机。

通过帮助别人所获得的内在喜悦，使"生命关怀"团队中的义工对生命的意义有了更深的领悟，对自己生命存在的价值也有了更深刻的认识。

在这个过程中，他还看到有些人年纪很轻就得了重病，通过了解病人的日常饮食和工作，知道很多疾病都是与吃太多肉食有关。

（三）

十年树木，百年树人！2019 年 3 月 12 日"植树节"那天，他怀着一颗坚持做"对"的、让美好茁壮成长之心，同崔老师等商讨如何推广素食。

在他的引领下，很多热心义工响应，还有许多人募捐出资。

第一次举办活动，没有可借鉴的经验，从开始的一筹莫展到最后的圆满成功，他和义工们一起投入了大量的时间和精力。

他们明确理念：推广素食文化，分享素食心得；改变饮食习惯，改善身心健康；改善生态环境，爱护美丽地球；家庭幸福美满，妻贤子孝儿孙满堂……

2020 年 5 月 9 日，他们在桂城安乐茶饭馆举办一场"世界因我而美丽，人们因我而健康"的免费素食活动。

义工们很早就来到活动现场分派工作。厨房组、礼仪组、接待组、保安组、文秘组、摄影组，各就各位投入忘我、有序的工作中。

三百多名通过链接报名成功的客人陆续到来，他们踏进七彩缤纷的气球拱门，受到礼仪组义工的热情欢迎，接待组义工的周到指引，深切感受到那份真诚与被尊重，脸上都洋溢着喜悦的笑容。素食馆内高雅的格调，柔和悦耳的音乐，祥和舒适的氛围更是让他们赞叹不已。

霍老师给这次活动做了定位：不但能让人们享用到美味的素食，更重要的是向他们推广素食文化、素食理念，让他们知道素食对身体乃至生命的作用。

他详细介绍了素食文化，又将进食肉食与进食素食两种生活方式进行对比。通过一系列的研究数据、案例、生活实例等深入浅出地剖析肉食对地球环境、人们身体等方面的危害。素食不但使身体健康，还能减少污染、保护环境、造福子孙后代等，呼吁大家建立健康的生活理念。

馆内以自助的形式提供素食，品种有 140 多种，摆盘非常有特色，吸引着大家的眼球，震撼着他们的心灵：原来素食餐厅也可以这么"高大上"。

大家有序地挑选自己喜欢的食物，然后与素不相识的人共坐一桌，品尝美食。看到大家都吃得津津有味，对这些素食赞不绝口，霍老师又不失时机地介绍素食的种种好处：对心脏有益，增强免疫力，使身体强健；还可以节约自然资源，保护土壤，保护生态平衡，减缓全球变暖……

活动还进行了关于素食的有奖问答环节，答对的可获赠免费素食券，互动气氛非常热烈，把活动推向了高潮。

霍老师的父母还上台做了分享：从原来对素食的反对到后来逐渐接受再到如今的大力支持，在这个过程中，自己的病痛逐渐减少，身体越来越硬朗，精气神也越来越充足了。他们用亲身体验呼吁大家多吃素食。

这次活动使大家对素食有了一个全新的认识，从他们的反馈意见可见一斑——

"通过今天的体验，我发现素食比肉食更加美味可口！"

"好吃！五星级好评。用心，精致。"

"菜品非常美味！义工们非常贴心、周到，很温暖。菜品都经过精心准备，感恩食物，感恩自然！"

"这次组织比较有条理，公益讲座明了。菜式很好，有创意，有新意。"

"每样菜都很精致，味道非常好。样样菜都有'灵魂'，非常棒的体验！你们很棒，很用心，服务更细心、周到。"

"色、香、味俱全，食材新鲜，做工精致，好！每一样菜式都做到极致，让人难以忘怀，体现素食魅力，希望可令更多的人参与到素食体验中。"

"菜很好吃，服务态度也是很棒的，希望以后多举办这种有意义的活动。"

....

一场活动，更新了人们的思想观念：素食不但可以吃得健康，还可以美味可口，甚至让人品尝到"菜里面的灵魂生命"——可以通过食物得到大自然的生命能量。通过让他们的眼耳鼻舌身感受到美好，在他们的心里种下一颗良善的种子。

对于以前没吃过素食的人，当他第一次接触素食就拥有了一份美好的体验——素食店环境高雅、气氛祥和，义工们服务用心周到，又可以品尝到美味可口的素食，对过程的体验就会使他的内心发生很大的变化。

按以往的思想观念，请人吃饭必须有肉才是对别人的尊重，没有肉就显得诚意不够，这次活动却让人们感受到原来进食素食也可以有品质、有高端的体验。更让他们体会深刻的是，自己被不认识的人邀请吃饭，互不认识的人像家人一样聚在一起分享素食，氛围融洽，更重要的是他们感受到一种被人尊重的感觉。

活动过程中，还有义工老师用心讲解素食对人类、地球、环境的意义和作用，推广素食文化，让他们对素食有了较全面的认知。

没有人会拒绝别人真心地对你好！

一场提供免费素食的义举，"重新启动"了人们的思想观念，他们获得内在的满足感和意义感，发自内心希望把活动延续下去。他们也会带亲人、朋友来吃素，一人影响两人、三人、十人、百人、千人……

只要有一个人坚持去吃素，慢慢地，就会影响一家人，一群人！

一次免费素食经历，让他们有了一种新的生命体验！

他们深切感受到，原来还有这么多无私付出的人，无怨无悔，甘心为了别人去付出、去担当，给别人的生命打开一扇窗，开启一道门，传递一种健康的生活方式。通过进食各类五谷杂粮和拒绝进食肉类，使身心保持健康，保护我们赖以生存的地球环境，更重要的是和自然万物和谐相处、共同发展。

客人中有医护人员、老师、公务员，他们的素质和知识层面高，对健康的要求、向往也高。霍老师说，只要引领一个老师、一个医护人员吃素，就会影响到他们身边的很多人。因为在人们心目中，他们认知水平高，对很多东西的认识深远，他们讲出来的话也更容易让人信服。

素食推广团队自成立以来，社会覆盖面十分广泛，佛山五个区（顺德、南海、禅城、高明、三水）的素食馆都有不少支持者，到2020年8月各项活动已覆盖十二多万人。大家都体会到这件事情的意义，内心似乎都达成共识——希望能够延续下去。

一次，活动链接刚发出，就有支持者发来三千元。

还有一位支持者，儿子结婚，把收到的九千元红包发了过来，在佛山二十四间素食馆内，每间五百元，作为推广素食的费用。

至于小孩满月发几千元，或者父母生日发几千元奉素的更是多不胜数。

资源必须依靠大家的支持，得到大家认可才是最有力量的！

通过参与平台的活动，大家达成共识，心里面体会到这件事的意义，希望能够延续下去。一个人影响十个人，十个人影响一百个人，一百个人影响一千个人……从而一直覆盖下去，不断扩大、扩容，让生命影响生命。

能够影响他人，是一件多么幸运和幸福的事情！

霍老师说："因为得到大家的信任，才能源远流长，为了大众，为了社会，这件事给出了很好的方法，没有自私自利，所有人都是我们的家人，地球就是我们的家。"

世界因我而美丽，人们因我而健康！

（四）

心的力量是很大的！

霍老师当初的一个起心动念，成就了素食推广团队。

"无论哪个公益团队，都是由义工发心去做的，义工团队就是一个平台。所有工作都是义工们一起完成的，我只是整个机器上的一颗螺丝钉。"

"我个人只是团队中的星星之火，整个团队是一个火把。我们希望用这个火把点亮社会上每个家庭健康的生活方式，覆盖整个社会。"

他诚恳谦卑地说。

每场活动，只要在义工群发出招募信息，很快就会报满。有些没报上名的甚至恳求破例参加。

义工们都十分支持素食推广的每项工作，也很乐意去做。由霍老师、崔老师、红老师、曾老师为核心领导，每人负责一个岗位，经常将工作做到凌晨十二点多。他们一丝不苟、尽心尽力，做好活动的宣传、设计工作，使各项工作落实到位。

其他义工同样都有着自己的岗位，都发挥自己的责任去做好各项工作。

在他们心中，穿上义工服的那一刻，他们就是这场活动的"代言人"；自己就是活动的主人翁，如何去奉献，如何去引领这场活动呢？对于义工们来说，这里的工作就像是自己家里的事情一样，只要需要自己的地方，就尽心尽力去成就。他们有的向单位请假，有的放下生意，有的利用休息时间，奉献自己，服务大众。

到底是一种怎样的力量让他们做到"无我奉献"呢？

因为在霍老师身上，他们找到了榜样的力量！

当年，他放下小家小我，工厂也没有经营下去，他找到了一生为之奋斗的目标和使命，决心把自己全身心融入"为人类的健康，世界的美丽"这份美好的公益事业中。他希望通过帮助他人使自己的人生价值最大化。这种博大的胸怀和崇高的境界，由内而外散发出来的人格力量，闪耀着德行的光辉，吸引着义工们加入团队、融入团队，无怨无悔、无私付出、不求回报地为了共同的人生目标、人生理想而砥砺前行！

有些义工家里的经济条件很一般，他们既要忙于生计，家里还有一堆的家务事，还要照顾父母儿女，为了争取在活动中做义工，他们都放下了很多。他们深深地领悟到：如果不放下一样东西，就提不起另一样东西，而放下是需要很大勇气的。在他们心里，做义工这件事情很重要，更能体现自己的人生价值。他们越奉献越喜悦、快乐，在奉献中绽放出生命的光芒……

而有些义工则有着优越的家庭环境、和美的情感，由于偶然的一次机会，接触到素食推广团队，内在被义工们的"大我"精神唤醒：我要成为一个怎样的人，人生才会更有意义呢？他们不再沉浸在自己的小幸福、小家庭里，而是突破自我、提升自我，毅然从"小我"中跳出来，加入团队，在传播素食文化的道路上邂逅更多的同路人，帮助别人、成就自己！

在奉斋平安组，有一位人称红姐的义工，全家都吃素。奉斋活动要是在节假日举行，就会看到她三个女儿的身影，她们漂亮可爱、充满阳光，在校还是体育尖子生、学习标兵。她们都长得比同龄人高，别人问红姐这是不是吃肉多的缘故，当她说自己一家都是素食主义者时，人们都觉得不可思议。

红姐用自己和家人素食健康的呈现，给了人们一个良好的示范作用。

团队的义工大部分都是坚定的素食主义者，从他们身上所散发出来的磁场和能量给人感觉就是一种安宁。

为了更好地推广、宣传素食，不论严寒还是酷暑，义工们都会到公园、菜市场等人流量大的地方派发佛山多家素食馆的优惠券、免费券。这群穿着橙黄色义工服的可爱的人，成了一道道美丽而温馨的风景线。

义工们无怨无悔，以奉献的精神凝聚成一股力量，让自己成为一道门、一扇窗、一条路，去连接更多的人，让素食人群不断地扩大……

（五）

成立一年多以来，素食推广团队以中国传统节日或一些特定节日如重阳节、教师节、护士节等作为切入点，举行了十多场大型奉素活动。每场活动都会邀请不同的人群前来吃素。

为弘扬孝道美德，团队联合南海狮山舍慈乐素食馆，于2019年10月9日送餐到南海福利院，以实际行动慰问孤独长者。

义工们八点就来到南海福利院，齐心合力把三道色香味俱全的健康素菜分别装到六百个卫生饭盒中。

分送盒饭前，霍老师给到场的长者分享了获取健康的途径——素食。他首先充满诚意地代表义工们表达敬意："因为有了你们当年的付出，祖国才能繁荣昌盛，才使子孙后代能够享受你们的劳动成果，你们就相当于我们的父母，感谢你们，让我们有机会用素食来回报大家。"

他详尽细致地为长者们分享素食的种种好处，建议他们要根据自己的体质、口味选择适合自己身体的食物；要把身体上的病痛忘记，把健康快乐想起来，开心才是最好的良药；大家要像家人一样相互关心、相互爱护……

当义工们恭敬地把每份素食送到长者手中时，他们都笑逐颜开。一位牙齿几乎掉光、满头银发的老婆婆还牵着义工的手说："多谢你们来看望我们，为我们送来素食。"义工们说："你们就相当于我们的父母，你们健康快乐，我们就开心。"

福利院的长者、义工们都吃得津津有味，对用猴头菇、淮山、土豆、红豆、青豆、花生等食材精心熬制而成的素汤更是赞不绝口。

整个福利院浸润在白兰花的清香中，香气弥漫在荷花苑、紫荆苑、牡丹苑、桂花苑的宿舍楼里，融合着蔬菜的清香，散发出一种别样的味道，那是一种幸福的味道……

尊老爱幼是中华民族的优良传统，"百善孝为先"，2019年10月30日上午，素食推广团队联合禅城区荷蕊天厨尚素居邀请220位六十岁以上长者，以围餐形式免费向他们提供素食。

义工们为迎接长者的到来，各方面都做了精心准备。庄严靓丽的礼仪小姐两边恭立，迎接长者。老人们怀着受邀的喜悦与期待心情到场就座后，霍老师分享素食的理念，素食对身体、环境、生态等的良性影响作用。因为涉及的是长者最关注的健康长寿问题，他们都听得十分专注投入，看视频、与主持人互动也十分积极，聆听学习，回答问题，气氛十分热烈，反馈效果非常理想，达到推广素食、分享素食的效果。

素菜与荤菜不同，荤菜以味料掩盖肉的腥味，而素菜的滋味来源于食材本身，不在材料外面。通过用心细品，才能品味出素菜材料的品质及其真实味道，感受到其内在的鲜、滑、细腻丰富的口感……

这次活动的出品极其用心，每款菜式各具特色，味道鲜美，所以碟碟清盘，长者们笑称："汁都捞没啦！"

义工们还邀请部分长者分享健康长寿的秘诀。长者冼带婆婆坚持吃素几十年，今年九十三岁了，能够生活自理，可以从自家门前坐公交车去公园，然后与别人打牌、交谈、娱乐，她的精彩分享赢得了热烈的掌声。

还有一对九十岁的夫妻，两人都神采奕奕，生活上同样可以自理，长期吃素的结果使两人的身体非常健康，这正是"老人家得健康平安，子孙得安乐"。

长者们纷纷用自己亲身的体验说明吃素的好处，给人们以极大的信心和很好的模范作用。

为表达对这些长者的感谢，义工们纷纷给他们送上鲜花，从来没有收到过鲜花的他们，都笑得合不拢嘴了。

"老吾老，以及人之老"，在赡养孝敬自己的长辈的同时，也以同样的心去孝敬其他老人。老年人老有所依、老有所养，亦是一个国家文明进步的标志之一。

义工们在推广素食的同时，弘扬了中华民族尊老、敬老、爱老的传统美德，向大众诠释着"百善孝为先"，传递出一种社会正能量。

除此之外，素食推广团队作为一座桥梁，定期面向社会人士如教师、医生、护士、环卫工人、公交车司机等人群开展大型素食活动，除了传播素食理念、关爱地球外，还引领着一股正气，潜移默化地培养了很多人的善心和感恩之心。

通过一场场的免费素食活动，人们获得很大的意义感、满足感，甚至使命感。他们觉得，这些素不相识的义工发自内心地对自己好，让自己对素食文化有了全方位的了解。大家都真心希望把这样的活动延续下去，很多人关注了素食推广团队的公众号，加入了团队微信群，以日行一善的形式，或者逢生日、乔迁、喜庆等特殊日子将款项捐给团队，由平台举办活动；或者购买素食餐券，以礼品的形式送给他人使用；或者在生日、升学、婚庆、患病、终老等场景及各种节日请人吃素祈福；或者把吃素的感想分享给周围的亲友……

全社会的事全社会去做！

他们汇聚成一股强大的力量源泉，成就着每一场大型素食推广活动，也成就着每星期一在佛山二十四间素食馆轮流进行的素食优惠活动，以及优惠券的派发活动……

一位智慧的老师曾经说过："你绝不知道，吃饭都能改善你的家庭和事业。"吃素看起来是一个小小的举动，但它代表着我们的一个向往，代表着我们一个小小的梦想，也代表着我们对世界的爱！

（六）

素食推广团队的定位：用资料、图片、文字去覆盖整个佛山，让人人都去传播，让素食成为时尚，成为新兴的动力，成为文化，引领人们健康、文明的生活习惯。

"为了人们的健康"是素食推广团队义工们的初心。人的生命是最宝贵的，每个人都需对自己的生命负百分百的责任，方向盘就掌握在我们的手中。霍老师语重心长地说："我们不能只保障自己，独善其身，因为我们都生活在同一片天空下，地球是我们共同的家园，人类就是我们的父母、师长、兄弟姐妹，大家好才是真的好。"

人好自己好，利于别人就是利于自己！一切对别人的好最终都会回流到自己身上！

…………

2020 年初开始，许多素食馆的经营变得举步维艰。

必须行动起来！

群策群力！霍老师与义工们商议决定：佛山全区二十四间素食馆进行素食推广活动，轮流做，每天两间，奉素份数 100 份，每位优惠十元，广发朋友圈，让人人传播。

全社会的事让全社会去做！

义工们不辞劳苦地奔波于佛山各处的公园、广场、商场、市场等，派发素食十元券、免费券给环卫工人和路上的有缘人，请他们到素食馆吃素。每月送出的素食券共有四万元，收到素食券的，约有三分之二的人会去吃。

如果许多人对你有期待，你就会心生一种力量；如果心里装下更多的人，心中就更有力量！

素食推广团队一系列的义举，给这些素食馆带来了曙光度，经营逐渐走出了困境。

其间，中山市一对夫妻看到附近仅有的一间素食馆经营不善，眼看就要结业了。两人不想这家素食馆就此倒闭，就发心接过来做。但两人对素食馆的经营并不在行，生意本来就难做，两人都很彷徨，后来慕名而来找到霍老师。

他给夫妻俩一个建议：成立一个团队来护持这家素食馆。大家可以日行一善，通过每天发红包筹集善款，将随喜的善款放在素食馆。周围就只有这家素食馆，大家都不想看着它倒闭。而且大家都知道这对夫妻的发心是希望大家有吃素的地方。

联动了大家的力量，夫妻俩就不再是孤军作战了。账户上总共有五六千元，每星期都可以举行两次优惠素食活动，素食馆可以持续性地良性经营下去了。

是的，一个有"仁爱"之心的人，因为心中装着很多人，内心的舞台就变得无限大，就会生出无穷的智慧与能量，遇到事情就会有解决的办法！

霍老师希望将素食工作落实到位，走好每一步，影响更多人！

2020 年 6 月 10 日，素食推广团队联合顺德容桂和善素食馆举办"报亲恩.孝行天下"的素食文化推广，2020 年第一场奉斋活动的序幕，预示着素食推广义工们将继往开来，共同担负起"世界因我而美丽，人们因我而健康"的使命……

书法艺术的痴迷者

（一）

1976 年，毕业于广东教育学院数学专业（函授）的廖照开参加工作，进入教育行业。有一天，老师们来听他的课，评课内容他早已记不清楚，一位姓胡的老师说过的一句话，却深深镌刻在他的脑海中，至今没有忘怀。胡老师对他说："如果有心做老师，就一定要把字练好。"

这句质朴的话，成了廖照开教学生涯的座右铭，激励着他不断前进。

备课、教学、批改作业、辅导后进生……像其他老师一样，他的生活看起来似乎并没有什么不同。然而，又确实与众不同，因为他的心中存了一个愿望、一个梦想。

在人生道路上，别人偶然的一句话，对说的人来说可能微不足道，对听的人来说所产生的力量或许是巨大的。

受到激励的他，努力提高教学业务能力的同时，决心练好三笔字（粉笔、硬笔、毛笔）。他觉得要对得起"老师"这个身份。

那是一个物资匮乏的年代，那时的条件远没有现在好。没有小黑板，他就亲手做了一块小木板，买来粉笔，下班后，一笔一画练习"粉笔字"。

那时他的月工资只有 30 元，没有多余的钱买宣纸，那怎么办呢？他想出了一个办法，就是在看完的报纸上练毛笔字。第一次用淡墨，第二次用浓墨，一张纸上可以练两遍，既节省又增加了练习的次数。硬笔就用单行本练习。

他从有限的收入中"挤"出点钱，买回硬笔、毛笔书法书籍，用心临摹学习，有时甚至废寝忘食。用他的话来说，在这段书法学习生涯的起步阶段，他没有专业的老师指导，纯属盲目学习。

持之以恒的自学，效果还是有的。渐渐地，他的"三笔字"优势在学校师生中突显出来，得到老师们的一致认可，这更加坚定了他学习书法的信心。

另一方面，在他的内心深处，自己的毛笔字还不算真正入门。在追求书法艺术的道路上，他始终渴望有老师指引，进行系统学习。

1986 年，一个偶然的机会，他看到浙江行之艺术学校开设书法函授培训班，便毅然报名参加了楷书函授班。

当时的生活环境，有些人连温饱都未能解决，他却拿出昂贵的学费去学在别人眼里没有多大用处的书法，这让很多人都难以理解。

无用之用，方为大用！

行之艺术学校把理论教材寄过来，他利用业余时间一头扎进书法艺术的海洋中，根据教材一步一步地实践、学习。他把认真完成的每一份"作业"寄回学校，老师在作业上一笔一画地评讲：这一笔该怎样起笔，那一笔如何运笔，如何收势，从单字结构到章法布局都一一做了详细的点评，又寄回来。每次收到老师的点评，他都如获至宝，按照老师的批改进行反复练习。

"笔秃千管，墨磨万锭。"

日复一日，持之以恒，勤学苦练。

随着邮递信件不断往返，他的楷书水平日臻成熟。

他既善于学习，又能扎扎实实地勤于练习。

此外，他还虚心向老前辈、行家学习，然后勤奋练习。日子有功！他的书法到了让别人一眼就看出特色的境界。许多同行都评价他的书法很"颜"（颜体楷书）。

有两件小事，可以从中看出别人对他书法的印象。

一次，他在南庄镇中心小学上完数学课，下课时正准备把板书擦去，一位到学校采访的记者刚好经过教室，连忙叫他先不要擦黑板，他要把这幅黑板字拍摄下来。记者说很少见到这么漂亮的粉笔字了。

还有一次是在醒群小学，他在学校门口的黑板上写了一份通知，来接孩子放学的家长在黑板前围了一圈又一圈，久久不愿散开。他在心里纳闷：是不是有什么地方写得不对呢？他走过去了解情况，有位家长笑着说："我们看的不是内容，而是在看上面的字。"

初入行时同事一句激励的话，使他始终坚守初心，以扎实的专业知识和熟练的专业技能，爱岗敬业，在师生和家长当中获得良好的口碑。

（二）

1991年2月，凭着十多年的中小学教学及学校部门的管理经验，廖照开被任命为龙津小学校长，成为当时南海区最年轻的小学校长。

他深知责任重大。

书法的结构严谨、法度庄严，经年的浸润，高度自律的精神，使他在教学和管理工作中形成沉稳务实又锐意进取的作风。

他想到利用课余时间，教学生学习书法。早上，别的老师还没到学校，他已经早早到了；傍晚，其他老师都走了，他还留在校园里，免费给同学们上书法课。

从组成字体的点画开始，他一笔一画地给同学们演示，又手把手地教他们；教他们如何通过读帖、临帖，领悟书法法则。

在书法的教学过程中，他总会不失时机地进行德育教育：写书法时，一定要专注投入，不能一边说话一边写。学习和做其他事情也是一样，只有专心致志，才能把事情做好；通过一些字的结构分析，各偏旁部首必须相互融合、相互依存、疏密相间，字才显得美，从中教导学生要团结协作、相互包容忍让……通过"立品之人，笔墨外自有一种正大光明之概"这句话，他教导学生：如果品德不行，字写得再好，这个人也是"立"不起来的……

经过日积月累，同学们不但在书法方面普遍有了提高，在人格健全、审美情操的陶冶、悟性启迪等方面都有了一定的提升。就连那些平时调皮捣蛋的学生，经过一段时间的书法学习，纪律、学习、品德等方面也发生了很大的转变。

学校形成了严谨的校风和浓郁向上的学风。

后来，由于任期内轮岗任职，他又先后到了南庄镇中心小学、南庄醒群小学工作，把宝贵的工作经验带到两所学校。

根据教学大纲要求，书法课作为一门课程正式被纳入课程计划。

由于师资配备不完善，他除了从事行政领导工作和数学教学工作外，又主动承担起学校的书法课教育工作。

尽管每星期每个班只有一节书法课，但是经过一年多的书法学习，同学们的视野拓宽了，智力开发了，身心得到了成长，气质上也有了一定的变化。他从书法课上挑选一些对书法感兴趣、字写得比较好的同学作为苗子，利用早上和傍晚的时间免费辅导。这些同学代表学校参加上级教育部门主办的即席书法比赛，获得了一等奖、二等奖的好成绩。

老师们说，醒群小学以前在书法教学方面是薄弱的，廖照开的到来，开创了学校获奖的先河……

（三）

2017年3月，廖照开从教育工作岗位上光荣退休。

退休后，不少家长找到他，希望他能够开辅导班，以丰富的教学经验辅导孩子们。他心里想：辅导数学，提升的只是一科的成绩，如果开设书法兴趣班，一方面可以让更多的学生掌握书法，起码能够写得一手好字；另一方面，通过书法的长期熏习，可以磨炼孩子们的心性和品质，对学习也会起到很好的促进作用。

他的书法班有个特色，就是欢迎家长随同孩子来听课、练字。

一所学校的几名老师课余把子女送来学习毛笔书法。刚开始时，几名老师轮流听课，听了一段时间后，觉得很放心，就让孩子独自听课，没再来了。

从事教育工作四十一年，教书和育人是他根植于心底的一种情怀，即使已经从教育工作岗位上退下来，他也从来不敢忘记自己的身份。

毛笔书法教学选用《书法入门》教材，点画、偏旁、部首、结构、篇章布局，每节课他都认真备好课，从不马虎应付，一年时间里面不重复教程。

在毛笔书法的教学中，他严格按照课程计划开设楷书课程。

星期天上午九点是毛笔书法课，他八点半就在班上等着同学们到来。对于早到的学生，让他们临摹字帖，耐心辅导他们。

他要求同学们养成准时上课的习惯，他教导他们说："守时是一种礼貌。尊重老师的同时，也是尊重自己。"他对课堂纪律要求非常严格，只要有哪位同学讲话或者搞小动作、开小差，即使正在演示、讲课，他都会立刻停下来，用眼睛静静地望着那位同学。有一位特别调皮的二年级男生，在学校的时候，老师们都拿他没办法。但在他的书法课上，男孩每次违反纪律，只要接触到他严厉的目光，就马上端坐下来，乖乖地听课。

自从学习书法后，很多同学的脾气不再那么急躁，能安静下来，各科学习也有了很大的进步。在书法的学习过程中，他们掌握了线条美、结构美、篇章美，审美能力也提升了。他们渐渐养成了良好的心态、品质和品德……

除了毛笔，他还开设了硬笔书法班。

在教学过程中，他发现有些低年级的同学握笔姿势不正确，坐姿也不正确，整个身体都坐歪了。

通过一段时间细心观察、研究，他终于发现了问题所在：孩子们握笔姿势不正确是跟笔有关，他们用的多数是HB的铅笔。HB铅笔的颜色浅，他们得用力写，写多了手累变形了。他让这些孩子改用2B铅笔，不必太用力，写出的字就有颜色了。

坐姿不正确、头歪的原因是握笔太低，大拇指挡住了视线，看不见笔尖。他让孩子严格按握笔要求的高度，眼睛就可以看到笔尖，歪着头写字这种情况也就不再发生了。

这些让不少家长头疼的问题，来到书法班一段时间后，他就给孩子们纠正过来了，家长们心里都非常感激他。

在书法教学中，他经常进行德育教育。他语重心长地跟孩子们说："如果品德不行，字写得再好都不行！""写字一定要专注投入，不能一边说话一边写字，这样字才能写得好。同样的道理，学习、做事情也要专注才能做得好。""我们为人处事要像学习书法一样，要有恒心、静心、虚心、细心、专心……"

每次上课，他都一笔一画地在黑板上的宣纸上演示一遍，再演示一遍，然后让学生们去练，逐一检查、指正。

对于那些对书法学习特别感兴趣的孩子，他非常希望把更多的书法知识传授给他们。尽管连续站一个半小时为孩子们上课，对六十多岁的他来说已经相当累了，但他看到这些孩子对书法艺术的追求和渴望，下课后又让他们留下来，免费为他们开起了"小灶"。

实际上他的书法兴趣班收费很便宜，只是象征性地收一些纸墨费。他的初心是，自己的书法兴趣班要让低收入人群子女也负担得起，他觉得这些低收入人群的子女更需要这样一个学习的机会。一手好字会改变孩子的一生，让他们受益一生。

有一名外来务工人员的孩子因为家庭贫困、学习成绩差，在学校总是显得非常自卑、内向。来参加书法学习一年后，他的字写得越来越漂亮，在班上经常受到老师的表扬，参加学校书法比赛还获了奖，他的自信心逐渐提升了，整个人阳光、开朗了许多。

有些不在书法班学习的同学参加各类书法比赛，慕名而来，廖照开都很乐意免费指导他们。当他们在比赛中获了奖，他显得比自己获奖还开心。

除了教孩子们书法，他每天坚持练习书法，从不间断。他的书法气韵生动，形神兼而有之，他的作品不但被禅城区教育局出版的《中小学教师书法作品集》收录，还被广东省岭南美术出版社出版的《高格雅韵》一书收录，他多次参加省市书法比赛，均获得一等奖。

他却说："我的梦想不是自己成为书法家，而是让更多的孩子掌握书法艺术。"

质朴如他的为人！

"鹤发银丝映日月，丹心热血沃新花。"

他用自己的生命之光，照亮孩子们的前程！

人生的高度

2020 年 12 月 1 日，广东圣托智能设备有限公司总经理符建宏从外省谈完一笔业务，刚下飞机，就风尘仆仆地赶到金牌亚洲陶瓷总部，一场"润泽园三小时工作坊"的专场正等着她来主讲。

夜幕降临，佛山南庄陶博城从白天的喧嚣中沉寂下来。在金牌亚洲陶瓷总部的企业学堂里，几十名企业中高层管理者正聚精会神地听着她发自肺腑的分享。

她结合自己的亲身经历，和大家分享她如何通过一年多"致良知"中华传统优秀文化的学习，把自己从失败的婚姻中解救出来，又如何挽救自己濒临破产的企业。

怎样通过明心和静心两大功夫，找出自己的错知错见，提升心的层面？

如何去建设美好家园？

要坚信自己心中拥有无尽宝藏，努力突破人生的天花板，就可以翱翔天地间。

领会心、道、德、事四部曲的内涵和奥妙并践行之，建设心灵品质，同时不断成就他人，立志为自己的家庭、同事、行业乃至整个社会做出实质性贡献，从而实现人生价值最大化……

三个小时很快就过去了，却留下了她催人奋发的话语。她在他们的心田里播下中华优秀传统文化的良善种子，期待着萌芽、开花、结果的一天。

"我开展三小时工作坊，哪怕仅仅影响到其中的一个人，也是值得的！"她坚定地说。

一个是研发厨房智能设备的企业，一个是陶瓷生产企业，风马牛不相及，为什么会产生交集呢？

（二）

高中只读了几个月，由于家庭困难，17岁的符建宏辍学参加工作，第一份工作是政府机关的会议服务员，大约五升重的老式大水壶，她一只手提四壶，从锅炉房提到二楼和三楼的办公室。后来又回到家乡浏阳政府招待所做服务员，每天重复打扫卫生、叠被子的工作，一干就是七年。

看着身边的人在改革开放的浪潮中，有下海经商的，有到广东寻求发展的，生活过得越来越好。对比自己的家庭，她的哥哥姐姐相继下岗，父亲患上癌症，更是把他们一家人推向了绝望的边缘。

对现状的不满，内心深处蕴藏着的那股自强不息的力量，让她产生与命运抗争的想法。

要改变自己的命运！

从小在爸爸妈妈、哥哥姐姐的爱中长大的她，觉得自己要把家庭的责任担当起来，要挑起这个家！

当爱转换为责任，就会升腾起一股力量，支撑着她勇往直前！

1997年她来到广东顺德打工，考虑最多的是寄钱回家给父亲治病，她深知经济对一个家庭的重要性。没有资金、没有人脉，2007年开始，她只好到批发市场拿一些小家电摆地摊。风吹雨打、日晒雨淋的摆地摊生活十分艰苦。由于内心对家庭的一份责任担当，她总是咬紧牙关挺过来，总算一步步扛过来了。

顺德是小家电生产基地，出口的西厨产品没有内销，咖啡机、搅拌机、扒炉、烤箱这些西式厨具还没有走进人们的家庭生活，在人们的认识层面上，不认为西厨可以提升生活品质。她就到餐饮领域推销、推广这些西厨产品，让他们的出品更加丰富，从而延伸后厨的整体方案及工程，扩大整个餐饮厨房整体输出。

2008 年的电子商务刚刚兴起，她又试着将商厨设备搬到网上销售。

她性格上最大的特质是坚定相信"死路就是活路"，天天摆地摊不是出路，只要有新路她就敢想敢干！

她当机立断，从摆地摊转向电商平台，成为商厨设备领域第一个做电商的商家。

创业是艰苦的！虽然请了七八个业务员，但她还是要一人身兼数职：采购、发货、谈业务、开展售后服务、买菜做饭。当她正在跟客户电话沟通时，业务员把处理不了的问题推给她，她就在内网上把解决方案打出来，业务员同步回，复制、粘贴就可以了。迄今为止，内网上已经存有她帮业务员回答客户问题的一千多条信息……她像一个高速旋转的陀螺，不断地在各种角色中切换，连续几年，她的声音都是沙哑的，她一天只剩下四个多小时的睡眠时间，其余时间全情投入到工作中，这是她当时的创业常态。因为无退路，让她各方面的能力都得到了锻炼和提升。

面对困难，她说，压了那么多的货，借了那么多的款，她已经没有退路了，只能背负着巨大的压力，一路前行。

（三）

几年厨具行业的沉淀，让她更愿意聆听客户的声音，了解客户的需求，也累积了很多信息，跟他们建立了良好的关系。

客户会把使用厨具设备的信息反馈给她，她也看到了他们的"痛点"。她在心里问自己：客户的经营能不能赚钱？买了自己的设备有没有价值？自己可以帮他们解决什么问题呢？

同时，她想到了自己读高中的女儿。自己创业期间根本没有办法照顾她，做餐饮设备的自己没有好好地为她做上一顿饭，这是多么遗憾的事情啊！作为一位母亲，希望孩子吃得饱、吃得好、吃得健康，这是最基本的心愿。

由心疼女儿又想到其他父母的孩子，这些在外打工的孩子，不在父母身边，他们的吃饭问题是最让父母牵挂的。

如何让天下游子在外也能吃上令父母放心的饭菜呢？这成了萦绕在她脑海中的一个问题。

有没有解决方案呢？能不能设计一款设备，只要放进食材、输入程序，就有一份热气腾腾、健康美味的饭菜出来呢？

想法指引着方向，有了想法就去行动！

从 2014 年开始，她决定投身智能设备的开发。她把大量的资金、人力、硬件等投入到厨房智能设备的研发中去，很长一段时间过去了，始终没办法实现。她听到了很多怨声、嘲笑声。

怨声是来自公司内部的。为什么不把资金、人力、物力投入另一个更有可能实现的项目上？

嘲笑声是来自同行的。他们嘲笑她天天都在弄这些不靠谱的事情。

她投入了很多，走了不少弯路，可同时，她和圣托团队也积累了很多研发经验。

怨声和嘲笑声并没有让她放弃，反而转化成一种动力！

她要实现构建智能厨房的这份初心，即使在企业陷入困境、婚姻遭遇失败的情况下，都没有让她改变。

（四）

2016 年，她与丈夫在公司经营方面产生了分歧，感情也出现问题，导致她的婚姻破裂。

在感情上受到打击的她惶恐无助。

她没有心力去带领公司的员工，也没有心力去解决他们业务过程中遇到的问题。她勉强支撑着自己来到公司，因为她知道，人一垮就会一直垮下去。

人虽然到了公司，但她却不想作为。产品如何处置，团队的管理安排，绩效分配，矛盾解决等，她都不想去管。

公司团队长时间得不到她的带领，找不到方向，看不到希望；加上市场的压力又那么大，很多人都没有信心走下去，纷纷离职。

公司像一艘没有舵手的船，在海上漂浮，风雨飘摇，濒临破产。

2019 年 6 月，一位朋友邀请她到自己的公司参加两天一夜"润泽园线下学习会"。在学习会上，她深度反省，把遇到的困境及困惑自己很久的错知错见，从自己身上找原因。

通过这次学习会，她明白了行为作用与反作用的道理，学会了"行有不得，反求诸己"，婚姻破裂导致自己如此痛苦不堪，找不到出路。

她为自己以前所有的不足、所犯的错误找到了原因，如果人生能够重来，她一定可以把企业做得更好，以前走了弯路，受了创伤，那是因为心中的不明，现在她终于明白方向在哪，有了信心与力量。

她找到自己的错知错见，一念心开，发心改过。

同时，她看到身边还有很多姐妹也会犯同样的错误，她希望能将自己曾经走过的弯路总结成经验，给她们提供借鉴，她要把自己的人生感受、心路历程分享出来，把自己学习到的中华传统优秀文化分享出来，希望她们不要犯自己的错误。

那一刻，她明白了人活着的意义，明白了该如何去实现自己的人生价值。

学习会结束后，她决心牵手圣贤，在生活、事业中践行中华传统优秀文化，努力建设心灵品质，以更高层面之心为心。

润泽园的"三小时工作坊"那么有意义，她要想尽办法传播给更多的人。迄今为止，已经成功举办了近五十场。

她把自己的亲身经历分享给行业内外的人们，生活中、婚姻家庭中、工作中遇到的所有问题，都可以有更合适的方式方法去解决。

她感慨地说："是润泽园的中华传统优秀文化帮助了我，让我重新振作，人生发生了反转。在传播中华传统优秀文化的过程中，又让我进一步修炼了自己，净化了自己。"

一个人内在力量充足时，自然会有外在的呈现！

渐渐地，员工看到了她的变化：喜悦了、淡定了、整个人的能量状态都提升了。更令他们惊喜的是，她做事没有以前苛刻了，不会纠结在事上，而是通过"心的力量"去引导他们。

有一件小事可以说明她的改变。

公司一位女生把垃圾扔进厕所里，被发现了，被主管叫去批评，女生却不承认。她知道这件事后，语重心长地跟主管说："一件事情如何去做好，其实每个人心中都有良知。为什么她明明知道该怎样做而不做，还去干破坏性的事情？一定是她的内心有了某种阴影。因此，是心上有问题，不要从这件事判断她做得好不好，那可能是她对工作的发泄或者是对人的憎恨。我们要关注的是她的心里有伤痛，她有情绪，她是对周围、对人生、对世界产生了疑问。"

她又把那位女生请来办公室，柔和地对她说："如果你需要我、需要团队的任何帮助，都可以跟我说。我们要学会把自己的心打开，要重视自己的行为作用，有怎样的行为作用就会有怎样的反作用。不要以为没有人看到，就去做伤害自己心灵的事。我们是承上启下的人，我们的行为，父母和孩子或许也会有。父母不改可能是没有这方面的意识，但我们是孩子的一面镜子，如果孩子也有这样的品行，对他们的人生而言，是多么令人惋惜。所以我们一定要提升自己的心灵品质，去做一些有良好行为作用的事情，反作用就是'滋养'自己的父母、引导自己的孩子。"

没有人会拒绝你真诚地对他好！一定要用同理心战胜抱怨心。

她春风化雨般的一席话，把女生说得心服口服，女生眼含泪花，表示以后一定要建设自己美好的心灵品质。

"致良知"真是一种伟大的力量！

学习会结束后回到公司，符建宏跟员工们分享，但他们的内心并不接受。从这件事上她看到，引领员工的契机到了。

2019年底，她在公司开了两天一夜的"润泽园学习会"。除了公司员工，她还邀请了上下游企业的管理人员，在他们心中播下中华传统优秀文化的种子。

传播中华传统优秀文化的同时，为了更好地连接上下游企业，她还引入了润泽园3.0的企业板块，每周四晚上她在腾讯会议上亲自主持召开"圣托"润泽会，邀请餐饮后厨工程管理者、餐饮厨房负责人、厨师等上下游企业人员参会，会议主题分别围绕智能设备，每月介绍一两款厨房智能设备；崇高厨师的故事；如何建设幸福家庭；工程服务；等等。

通过聆听他们的心声、困惑、"痛点"、烦恼，她感受到与他们心与心的连接更加紧密了。

真正把别人装在心里的时候，心也越来越有力量。心力是一个宝藏！

（五）

在厨具行业浸润的时间越久，与行业上下游的连接越紧密，符建宏就越感受到更多人的"痛点"：经营者有经营者的"痛点"，大厨找不到，租金高，运营成本高；厨师有厨师的"痛点"，在热火朝天的炉灶前汗流浃背地炒菜；到餐厅就餐的人有对饭菜安全问题的"痛点"；农民也有菜卖不出去烂在地里的"痛点"……

所有这些餐饮领域的"痛点"，作为一家规模不算很大的企业，自己又能做些什么呢？

主持召开完"圣托"润泽会，已经很晚了，她仍然坐在办公椅上，望着"圣托"两个字，陷入了沉思。

十三年前创办企业的时候，起了几十个企业名字都没通过工商部门的审核。一天早上起床，她拿起一本写中华文化的书，随手翻到一页，一句话中的"圣""托"两个字印在她的脑海里，她就把这两个字报上去，一下子就通过了。

"圣托，值得托付！"她觉得这名字真好，适合打广告，一直沿用了十多年。如今回想起来，当时只是用这两个字来标榜企业，广告而已，哪里是真正值得托付呢？

学习了"致良知"中华传统优秀文化，她幡然醒悟：自己的企业是由千千万万的人托起来的，有客户、有供应商、有员工，还有那些素不相识的人。大家都在用中华传统优秀之心来帮助自己啊！

一念心开，感恩之心升腾起来！

她明白了，"圣托"两个字是带着使命感、带着能量的！是中华传统优秀文化把自己和企业救（托）起来的！"吃饭"是一个民生问题，也是老天爷的问题，这么大的问题，自己一个女人、一个企业怎样去完成呢？

这就是老天爷给自己的任务，给自己的使命，因为自己是从事厨房智能设备这一行的。

自己在这个领域干了十多年，走了那么多的弯路，是圣贤文化让自己拥有了一颗仁爱之心，懂得为人之"道"。

一定要把"吃饭"这个问题往前推一下，推上一个新的台阶！

既然"圣托"两个字是命运赋予自己的，托付给自己这么大的使命，那么做决策时，如果能与圣贤的心愿进行承接，做事的格局才会变大。

"圣托"两个字不能唯自己独有，必须要让这两个神圣的字眼发出它应有的光芒！

符建宏研发生产厨房智能设备的初心是满足天下父母的心，让在外的游子吃上定制化的、健康营养又热腾腾的饭菜。

当看到餐饮领域内更多"痛点"的时候，她又一次深深地叩问自己："我是为什么而干？"

如何让广大老百姓吃到更实惠的放心饭菜？

如何让餐饮创业者用最小的成本就可以开拓一份属于自己的事业？

如何通过智能设备，按一定的食材、分量、火候、调料等，将大厨的手艺复制到全国乃至全世界，让中华美食得到传承？

…………

要完成这些使命，靠单枪匹马的力量是远远不够的。她深刻地领悟到，必须要用行业的"合力"。

中华传统优秀文化的学习，提升了她的境界和格局，让她懂得如何以良好的心灵品质与人"合"。

志不立，天下无可成之事！她立志成为影响行业的人，从而提升行业的层面和维度。

当她发出信号、发出邀请，一些有技术、有才能的人来了，另外一些没有技术、设备的餐饮经营者来了，一些厨艺高超的厨师也来了……

为了共同的愿景、共同的使命，大家都聚拢而来，参与这项伟大的事业。

她立志用"圣人"之心影响更多的人，用"圣人"之心去解决这个"吃饭"的问题。"圣托"这两个字并不属于她，而是属于行业、属于时代！

她把"圣托"变成了社会化的企业，引进合伙人。但有一个前提条件：做任何事情，都要用"圣托"两个字为标准去要求自己。

参与进来的人都感受到她愿意分享、愿意成就他人，不是为她个人的名利，也不是为"圣托"，而是真真正正地为中华美食的传承。大家的心都紧密连接在一起，齐心协力、群策群力，产品被一款一款研发、生产出来了。

让老百姓能吃上放心饭菜，就得让他们知道这些食材是从哪里来的，要能追溯到源头。

中国有不少省份是农业大省，农民种植的农产品如果卖不出去，就只能烂在地里，造成损失。符建宏提出建议，研发生产一款智能设备，把这些农副产品进行初加工，然后运送到各餐饮企业、学校、工厂的食堂，减少他们的人力物力投入，既可以解决食材溯源的问题，又解决了农副产品的销售问题。把"种子"变成"筷子"，减少中间环节，形成一条良性的产业链。

她曾经跟合伙人说："不管我们的企业如何诞生，过程中遇到哪些困难艰辛，我们一定要坚持一点，我们的产品要为客户产出价值，我们的企业要为社会作出贡献。如果产品不能产出价值，企业就没有存在的理由和意义。"

什么是企业战略？那就是有发展前景的，与当前所处时代相契合的决策。

那些社会所倡导的、认可的、给予政策扶持的，就应该放开手脚去干！她很好地把握了历史的机遇！

（六）

她满怀深情而又谦卑地说："我是如此的平凡，却又如此的幸运，能够通过中华圣贤文化的学习，超越自我。自己经历了那么多，每一个角色、每一份经历，都让我有了心得感悟，都可以与人分享。我希望自己活成一件作品，作为一个平凡人自强不息、不断反省，活成更精彩的自己，从而影响别人、引领别人。"

"致良知"的学习把她心中的"大我"激发出来了！

在上下游企业、跨行企业，她已经成功举办了几十场"三小时工作坊"，将自己的亲身经历及心路历程分享给大家，她真诚地告诉他们："你们看到的光环不是光环，那是经历了很多黑暗，仍然可以活出生命精彩的人。通过圣贤文化的学习，你们也同样可以！"

她用一颗仁爱之心召唤着人们牵手圣贤，走向光明，绽放光芒！

成为一名弘扬中华传统优秀文化的终身志愿者，这就是她的使命！

相对于符总，她更喜欢别人称呼她为"学姐"。

她时刻都在践行着志愿者的使命，每天在微信朋友圈发送"致良知"的文章，把一份正能量传递出去；一有机会就跟别人分享，希望帮助别人更好地成长，获得幸福的源泉……

只要拥有为别人好的那颗心，时时刻刻都是志愿者。

她说："我是那样普通，却能够超越自我。以前我从来没想过能够为国家做出什么事，不敢想，因为自己太渺小了。但我心里又想，中华民族的复兴是一个必然的趋势，在这里面应该有我的一份力量。以前打仗的时候，那么多无名英雄牺牲在战场上，为国家献身。在我们这个伟大的时代，我在做好个人、企业之余，让身边更多的人获益，不就是那个'战士'吗？不也可以与祖国的复兴同频共振吗？"

"位卑未敢忘忧国"，多么崇高的情怀！

爱国就是利于更多的人，人生价值才有可能最大化！

她从开始的赚钱为父亲治病，让父母、家人过上更好的生活，到如今通过企业、通过中华传统优秀文化去利于更多的人，去为祖国和人民奉献，这让父母多么荣光啊！这就是对父母最大的孝！

只有利于他人，为社会作贡献的时候，我们才有机会享受丰盛的人生。

符建宏的人生，也从此站在了高处……

韵舞人生

"当你喝着这杯醇香的茶时，有没有想过，要经过几年、几十年甚至上百年才能挑选出一批上好的茶叶。有些茶叶开始时虽然被选上，但在后续的过程中还是被淘汰了；那些好的茶叶，又分出上品、中品、次之……你看，这跟我们的人生是不是有相似的地方？我们的人生不也经历着各种历练吗？"廖莉一边娴熟地泡着茶，一边说。

她身穿白色雪纺连衣裙，发髻高高挽起，一对白色珍珠耳坠把她衬托得既端庄又高雅大方，散发出一种宁静祥和的气息，像一株沐浴在晨光中的莲花，超凡脱俗。

她先把茶叶洗净，说这样既可以去尘又可以起到醒茶润茶的作用。然后让水流缓缓注入杯中，她的神情专注，宛若面前摆放的是一件艺术品。杯中茶叶在热水温汤中一沉一浮，在清新碧绿的茶汤中慢慢地舒展、绽放，仿如舞姿优美的女子在翩然起舞。

蒸汽裹挟着茶的清香，袅袅娜娜，在茶室弥漫开来。

她优雅地举起茶杯，邀我共同品茶。我举杯品尝，滋味甘香而醇和，口感与以往有所不同，问其原因，她淡然一笑，说："当你从心中赞美、欣赏一杯茶时，内心油然而生的是对茶的一份尊重、尊敬，茶反馈出来的味觉能量也就不一样。我想，人与人之间的交流也是一样的。"

通过一杯茶就能领悟出这样的道理，多么蕙质兰心的女子！

人生如茶，茶如人生！

作为舞蹈老师的廖莉，她的人生又何尝不是经历了三道"茶"呢？这三道"茶"是生存之茶、生活之茶、生命之茶。

（二）

十多年前，廖莉从舞蹈学院毕业。

带着对舞蹈深深的热爱，她希望用瑰丽的舞蹈梦想点燃她的职业生涯、她的人生！

要把理想"附丽"于职业，将两者结合起来，最佳的选择莫过于当一名舞蹈老师了。

理想与现实总有距离！现实的脚步往往追赶不了那"高远"的理想。当时，人们对孩子的艺术培养并不重视，更何况对于一个刚毕业、没有教学经验的女孩子来说，要找到一份教舞蹈的工作并不容易。

对一个心怀梦想的人，命运之神正以特有的方式悄悄眷顾着她！

蔡老师是她的朋友，在佛山市禅城区南庄镇开了一家艺术培训中心。他熟悉她，也深知她的才华，满怀诚意邀请她来培训中心，为她提供施展才华的平台。

带着对美好未来的憧憬，她从湖北来到了南庄。

一个刚踏出校园的女孩子，毅然离开家乡和亲人，孤身来到一个完全陌生的地方。如果不是出于对舞蹈事业的执着与热爱，是难以做到的！

在十多年前的南庄，家长们对孩子的艺术培养并不十分重视，舞蹈班只招收到几个学生，收入十分有限。背井离乡的她独自承担生活费、房租，生活上经常捉襟见肘。

生活的困境并没有扑灭她对舞蹈事业的那团热爱之火。只要能为这些喜爱舞蹈的孩子做点什么，她心里就觉得踏实。

心之所向！

尽管仅有几个学生，她却十分认真对待。课前，她细致备好每节课，在镜前分解、练习每个舞蹈动作。一个小时的课，她用两三个小时的时间准备。课堂上，她更是用心、投入地去教每一个孩子。

有些成人来咨询瑜伽、肚皮舞，当时教学水平并不是特别高的她，为了生存，为了养活自己，让自己可以在这个地方"定"下来，不假思索地答应了下来。

毕业后就不能像以前那样依靠家里人，首先得解决的是生存问题。

只要能提升收入，为什么不去尝试一下呢？不会的可以先去学，然后再教。对于舞蹈专业的她来说，要学会并不难。

其实在她心中还有一个想法：手头上有了一定的积蓄后，就到北京继续教育学院的编导系进修学习。

要想在舞蹈专业方面得到更大提升，就必须继续进修。她已经给自己规划了一份事业的蓝图。

多么有志向的女孩子！

有朋友介绍她到里水一间学校教舞蹈课，一节课一百元。对省吃俭用的她来说，是一份相当不错的收入。为了这节课，她必须从南庄坐两个多小时的公交车到里水（没有直达，中途还要转车)，回来时又坐两个多小时的车，几乎转了大半个佛山。

对于晕车的人来说，这五个多小时的经历简直是苦不堪言。她却拿出当年舞蹈训练时钢铁般的意志和毅力，硬是挺了过来。

为了不影响别人，她一上车就尽量往车的最后一排靠。幸运的话，她可以坐在靠窗的位置。本以为吹着窗外的风会舒服一点，可是不一会儿，她就开始晕车，她赶紧把早已准备好的塑料袋拿出来，不停地吐，心里还要默默忍受着坐在旁边的人投来的厌恶的目光，她不时满怀歉意地跟他们说对不起。

直到下了车，她的头还是晕乎乎的。她匆忙赶到学校，走进洗手间洗漱一下，看着镜子里那个脸色发白的自己，她郑重地化一个淡妆，然后才迈进上课的舞蹈室。

这是她对学生、对自己的一份尊重，也是对舞蹈事业的尊重，更是对艺术的尊重！只有那种发自内心的真正的热爱，才会在生活的细处外化出来。

从色彩斑斓的秋天到寒意潇潇的冬天，从绿意盎然的春天到生机勃发的夏天，为每节课付出五个多小时的时间（仅车程耗时），她坚持了一年多。由开始时的呕吐不止到渐渐习惯到可以欣赏窗外四季更替的景色，她也终于攒够了进修的学费。

她的坚持不懈，得到的又何止是每节课一百元的收入呢？

看着自己的学生由开始时的笨手笨脚，到后来呈现出来的轻盈灵动，她更是收获了内心的一份满足和自豪。

她觉得自己就像一个管道，在舞蹈学校时，老师把舞蹈的基本功教给自己，自己又把学到的东西传授给孩子们。

舞蹈是肢体的"语言表现"，韵律才是舞蹈者内涵的展示。做到"身心并用、形神兼备、内外统一"才是舞蹈的最高境界，必须要通过不断地进修学习才能实现。"取法乎上，得乎其中；取法乎中，得乎其下。"想把最好的东西传授给孩子们，自己必须与时俱进，不断地向更优秀的老师学习！

艺术没有止境，只有不断追求，才能在艺术的高峰上不断攀登！

在北京继续教育学院的编导系，她用了半年时间进修学习。随着教师资格证的升级，她的教学经验也更丰富了。

蔡老师看到她的勤奋、努力、坚韧，给了她一个建议——开一家专业的舞蹈培训机构。经过几天的深思熟虑，她接受了蔡老师的建议，在南庄文化中心租下场地，作为舞蹈室，开启了自己的创业生涯。

（三）

艺术自有它的审美要求和标准在里面。学舞蹈就是教孩子艺术，认识美、知道美、表现美，然后把那种体态美自然呈现出来。学习舞蹈可以磨炼孩子的意志、坚持的毅力，还有在舞台上油然而生的一种自信，而这种自信又在学习上、与人沟通上自然地散发出一种能量。

自从开了专门的舞蹈培训机构，生源明显比以往多了。家长们也渐渐认知到学习舞蹈的好处，尤其是看到别家的孩子学习舞蹈后，在体态、气质、意志力等方面的变化，都纷纷把孩子送来，跟廖莉老师学习舞蹈。

这个时候的廖莉风华正茂，又是意气风发的！

为了掌握更多的专业知识，她白天乘车到广州学习，又匆忙赶回来，有时晚饭也顾不上吃，就投入对学生的舞蹈培训当中。逐渐地，她对如何培训学生、如何创业有了更系统的认识。

对一个女孩子来说，创业是艰辛的。更何况，亲爱的人又不在自己身旁给予帮助和扶持。

她的男朋友黄涛远在家乡的某家培训机构教钢琴。他们有着相同的兴趣爱好、共同的艺术追求，她萌生了把黄涛邀请过来一起创业的想法。

既可以扩大招生范围，又解决了分隔两地的问题。

黄涛来到了南庄，两人可以在广阔的艺术原野上一起策马扬鞭、携手共进了。

由于没有上课的地方，黄涛就把钢琴放在租来的房子，然后把学生请到家里来教；有些学生家里有钢琴，他就骑着自行车去学生家里上课。

黄涛教学上耐心细致，找他学声乐的学生越来越多。

廖莉的教学经验也在不断丰富。她教学严谨、注重细节、因材施教，培养出不少高素质的舞蹈学生。为此，她的培训机构和她多次获得"中国舞考级工作先进单位""教学成果展演优秀指导教师"等荣誉。一系列的光环为机构、为个人提升了知名度，慕名而来学舞蹈的学生更多了。

这时候，场地与教学人员已明显不足。

他们外聘了舞蹈老师和声乐老师，又租下了南庄教师楼一楼作为教声乐的地方，并把其中一个较大的房间装修一下，用作舞蹈教室。

廖莉亲自给培训中心起名为韵舞琴行。她说，韵舞就是一种随心所欲、自然而然、由心而发的状态。

两人在生活上相互扶持，以极大的热情投入工作当中。他们为着共同的事业奔忙，朝气勃发，两颗年轻的心在一起又是那样的甜蜜。

爱情滋养着事业！事业又哺育着爱情！

两人走进了婚姻的殿堂。

爱情与事业上双丰收，展现在他们眼前的是一条充满阳光与希望的金色大道。

此时的生活就像一道绿茶，清新又自然，给予廖莉无限的喜悦与希望。

她有了多重身份：

她是孩子们的舞蹈老师。她严格要求她们，重视舞蹈基本功及综合素质能力的培养。

作为一名具备导师资格的优秀舞蹈老师，她是舞蹈总监，肩负着机构其他舞蹈老师的培训工作，对她们进行基本功、业务能力、教学水平、排舞等的专业训练。追求完美的她，不断地向老师们提出更高的要求。

她还迎来了一个小生命。随着女儿的出生，她必须要在事业和家庭之间找到一个平衡点。

女儿满百日后，她把孩子交给婆婆带，自己全情投入高强度的工作当中去。

从星期五孩子们放晚学开始，星期六、星期日整天，从早上 8 点到晚上 9 点，她的课程几乎是排满的。就让我们来看看她的课程安排吧：上午八点至十点，十点至十二点，下午两点至四点，下午四点至六点，晚上七点至九点。

中午有两个小时的吃饭、休息时间，傍晚有一个小时的吃饭时间。工作停下来的时间段，往往是她最想念女儿的时候。她多想回去看看她，哪怕是看一眼，亲亲她的小脸蛋，也会让她心满意足的。

她没有抽空回去看孩子，那样会影响她下一节的上课时间，而她对学生最基本的要求就是上课不能迟到。她教导她们要珍惜时间，珍惜一个星期才有的一次上课机会，舞台上的每一次呈现都是平时一点一滴积累出来的结果。

每一节课，她都力求以最佳的状态去教导孩子。这是她的一份责任，更是对舞蹈事业的一种尊重，更是对孩子们的爱。

开始上课了，她让孩子们静静地坐在练功垫上，先播放舞蹈音乐，让她们掌握节奏，在音乐中感受意境，了解音乐的精神内涵，然后看她做示范、分解舞蹈动作……

孩子们一边听着音乐，一边看着廖老师优美而灵动的演示，都落入舞蹈的意境里面，老师还没演示完毕，她们就不知不觉地被带进去，也跟着跳起来了。

这就是舞蹈的魅力、艺术的魅力！

逐渐地，孩子们察觉到绽放在廖老师脸上的笑容越来越少。虽然她依然很用心地教她们，但是舞蹈所带来的欢乐和喜悦，在她脸上已荡然无存。

舞蹈的"灵魂"是在心里，而不是在脚上！

孩子们心里纳闷儿：是我们不懂事，惹老师不高兴了吗？

还是我们跳舞不够认真呢？

她们哪里知道，人生走到"生活"层面的廖老师，无论是身体还是心灵都太累了。

后来，她又陆续生了两个孩子。怀孩子时，虽然有助教，她依然亲力亲为地坚持授课。丰富的教学经验所滋生出来的小骄傲，让她觉得自己的学生一定得是由自己教才是最优秀的。

生完孩子，身体刚刚恢复，她又迫不及待地回到自己的工作岗位上。

其他舞蹈老师接手的学生又可以重新回到自己身边，短短几个月，她却觉得她们离开自己太久了。

这些学生是她从一级、二级开始，循序渐进教到五级、六级的，是自己引领着她们一步步地在舞蹈的艺术阶梯上不断攀升。如果因为自己生完孩子，她们从此就跟了别的老师，那种感觉就像把自己的孩子送给了别人一样，心理上她是难以接受的。

作为一名母亲，她希望有更多的时间陪伴自己的三个孩子；而作为一名老师，她又想把更多的心血放在学生们的身上。工作与家庭就像一棵树上的双生花，给她带来的是"两难全"的困惑与焦虑。

她心中有着太多对学生的挂念与不舍，总以为是学生离不开自己，实际上是自己根本离不开她们……

她要把学生"抓"回来，而且要"抓"出成效。"没有最好，只有更好"，这是她经常对孩子们说的一句话。

细节决定一切！她用这句话严格要求自己的同时，也严格要求她的学生。

此时的韵舞琴行也进入了发展的"快车道"。招生人数不断上升，开设的课程也越来越多，场地明显满足不了需求。

黄涛视野开阔，他看到了艺术培训行业的前景，做出决定：

132

教学场地由教师楼一楼搬到吉利购物广场五楼，韵舞琴行也随之更名为韵舞国际艺术文化中心。

艺术是没有国界之分的，所有的艺术背后都蕴含着深深的文化内涵！

这时候的韵舞国际艺术文化中心在教学上多样化、丰富多彩，也俨然像是廖莉的人生一样走进了"生活"阶段。

廖莉的人生，更是比"生活"阶段又提升了一个维度：事业有成，车子、房子有了，还有三个活泼可爱的孩子，有丈夫的宠爱，老人家还过来帮忙料理家务、照顾小孩……别人眼里光鲜亮丽的生活，在她的内心深处却觉得越来越不幸福、不快乐。那种不快乐就像一串看上去甜美无比的葡萄，吃在自己嘴里却是酸的。

不知道从何时开始，只要到了星期五，一种深深的焦虑感就会把她包裹起来，她称之为"黑色星期五"，甚至使她有一种想逃离的感觉。可是她能逃到哪里呢？就像一个奔跑在大雨中的旷野的人，无论跑到哪里，雨还是会落到她身上的。

她身上的两个"我"在不断地抗衡：一个是身心俱惫的"我"；另一个是获得了无数荣誉，内心不断膨胀的"我"。

前一个"我"是软弱的，内心是挣扎、焦虑甚至无助的；后一个"我"却是无所不能、我执我见、光耀无比的。

如此光鲜亮丽的生活，在她眼里却是难以掌控的、痛苦的。日复一日，何时是个尽头？一直这样下去，人生的意义在哪呢？有一段时间，她想辞去舞蹈总监的职位，甚至连不当舞蹈老师的想法都有了。

但另一个"我"又让她清醒地意识到：作为机构的"中流砥柱"，自己离职，受影响的最终将是那些学舞蹈的孩子。更何况，自己又怎么舍得离开孩子们，离开本就热爱的舞蹈事业呢？

这时候，她是多么渴望有人能够走进她的内心世界，了解她内心的焦虑、挣扎、彷徨，帮助她走出这一段困境。可惜，并没有这样的人出现，包括她生活的伴侣，也不能成为她心灵的依靠和精神上的支柱。

相反，在工作、管理上，一旦意见不合，朝夕相处的两人就会争吵。虽然丈夫尽量尊重她的意见，但在某些关键的决策上，他必须慎重考虑。她却要求他当场决定，如果满足不了她的要求，又会引发她内心的另一种焦虑。

她希望先生能活成自己期待的样子。

随着业务量的拓展和上升，黄涛的交际应酬也越来越多了。有一个周六，廖莉上完一天的课，身体已经十分疲累，但内心是喜悦的，因为她有期待。那天是她的生日，她期待像往常一样收到来自先生的意外惊喜。可是黄涛那天应酬到很晚才回到家，似乎把她过生日的事情给忘记了。

生活太累、太压抑了，她需要那份仪式感，把压在心头的那块巨石顶起来，让自己有哪怕是片刻的轻松愉悦。

她内心深处渴望被人重视、被人爱！

她还期待女儿变成自己希望的样子。

她要求女儿学舞蹈、学钢琴、学书法等，按照自己为她设计的艺术路子走下去。孩子虽小，正是天真烂漫的时候，但孩子有自己的个性、自己的喜好。她为女儿买了许多漂亮的裙子，女儿却不愿意穿，用自己的方式默默地表达内心的抗议与不满。

她觉得孩子不够听话！

家里的老人在生活方式、养育小孩方面也有不如自己所愿的地方，这也是她心中无法排遣的一种苦恼。

···········

人生纵然到了"生活"这个让人羡慕的层面，她却越来越觉得自己无法驾驭生活这辆"勇往直前"的车。

这杯本该清香甘甜的"生活"之茶，却让她喝出了苦涩的味道！

（四）

她发现丈夫的性情比以前温和谦让，是在他几乎不吃肉食，在家里也只吃肉边素之后。

她心中产生疑惑，想去探个究竟，无意中却开启了自己的素食之路。

当她看到素食的人所呈现出来的一种对生命的热爱，对美好生活的追求，以及一种相当文明的状态，她的内心被深深地触动了。

每个人的内心都渴望幸福和美好！

她跟茶的"连接"也是从素食开始。

通过一杯茶，她渐渐领悟到：当你从心中赞美、欣赏一杯茶的时候，心中油然而生的一种对上天的敬畏感，对茶的一种尊重、尊敬，茶所反馈出来的味觉和能量都是不一样的。人与人之间的交流也是一样。人最大的幸福就是被尊重。素食之后，从尊重一杯茶开始。茶都要如此，更何况是人呢？凡是来到自己身边的都是跟自己有缘的人，当油然而生对别人的一份恭敬心，这种转心转念的状态之下，对方的磁场和能量也会同时发生改变……

她的人生因为素食正悄然发生着改变！

她耐心地引导孩子吃素，对孩子说："我们不能伤害那些小动物的爸爸妈妈，也不能伤害那些动物的儿女。"

孩子们本来就有一颗纯洁的心灵，听了妈妈的引导，也不再吃肉食，改为吃素食了。

她的婆婆开始并不习惯，还买一些肉回来吃，后来看到儿子和儿媳那么坚定地吃素，而且彼此间的关系越来越和谐，最主要的是感受到儿子、儿媳对她的那份尊重、那种温暖。素食所带来的种种好处，让她也改变了观念，开始吃素了。

有人说，21世纪最大的奢侈品是"心安"。当一个人把"我执"去掉，然后净化自己的心灵，心就会释然、坦然，她所散发出的能量自然会让人温暖而舒适。

廖莉开始尊重女儿的选择，让她做自己喜欢的事情。她觉得：父母作为孩子的"原件"，只要做好自己，为他们树立榜样，把他们培养成一个善良的人、对别人有帮助的人就可以了。

自从放手后，没有了强制性的要求，女儿随心所欲，反而更喜欢学习艺术了。

对孩子的爱其实有两种。一种是真正的爱，相信他们、陪伴他们、唤醒他们，实现他们的价值；另一种是假爱，利用他们、消遣他们、消费他们，来实现自我的价值。现在的社会有一种现象，家长之间相互攀比，比谁家的孩子学习成绩好、才艺多，却往往忽略了孩子内心真正的需求，所以如今的很多孩子活得并不开心快乐。

怎样才能了解孩子们内心当中真正的需求呢？

在以前，如果学生上课不认真投入、动作不规范标准，她会严厉批评甚至责骂她们。自从素食后，她学会了自我反省。

行有不得，反求诸己！

她反问自己放了多少的心在学生身上，有没有真正用心教她们、引领她们。尽管在一时半刻，孩子们呈现出来的状态还没有明显改变，但她当下的转心转念所传递出来的能量，她相信孩子们是能够感受得到的。

她不再像以前那样强制性地要求孩子们的软开度，而是引导她们根据自己的身体条件去做就好。看似放松了对孩子们的要求，其实是另一种形式的要求。她更关注的是她们心灵的成长，她希望孩子们享受的是舞蹈的过程，在舞蹈的韵律中自然地绽放，在艺术熏陶下滋养心灵。

她觉得，茶叶拣选也类似于人生中的各种历练。有些茶叶被选上，但在后续过程中却被淘汰；有些则被选为上品、中档、廉价。而能够接受层层筛选的茶叶最终达到上品品质，让懂茶的人去品尝。

她由此想到韵舞国际艺术文化中心的舞蹈老师们，她们就是被上天拣选的、跟自己有缘的人。怎样才能更好地跟她们"连接"呢？

自己能够在舞蹈总监这个位置上，她觉得是这些老师激发了自己的能力，也是她们给予自己的一个机会。

以前，她对舞蹈老师们的要求是"你要如何，你要怎样"，一定要按照她所说的去做，现在是"我陪伴你、相信你、认可你、成就你，让你成为你想成为的样子"。

给她们平台，让她们成长！

她不但在业务能力、教学水平等方面不遗余力地给她们指导和帮助，更注重她们的师德培养，要求她们以身作则，注重师德形象、舞蹈礼仪，言语文明、举止文雅等。鼓励她们向圣贤学习，多阅读古今圣贤书籍。培养她们成为"德艺双馨"的老师，做一个文明的舞蹈老师，真正从内心深处提升自身的素养。

在她的引领指导下，培训中心出现了不少优秀的舞蹈老师，但依然有学生冲着廖老师的名声来学舞蹈。她深深地意识到自己的能力和爱是有限的，一个老师能教多少学生呢？对这些孩子，真正的爱不一定是来了就给予，而是能够带领一批优秀的教师队伍，甚至比自己更优秀的老师去教导她们。

如果把个人散发出去的能量比作一个光源，一群人聚集在一起所发出的光芒将会更广、更亮……

她学会了放手，不再像以往那样"抓"着学生不放，而是给其他老师更多的机会，谁有能力就放手让谁去教。回想当年，自己也是这样一步一步地走过来，不断地丰富自己的教学经验的。

培养舞蹈老师的同时，又解放了自己。她可以有更多的时间去做其他事情：学习书法、茶艺、插花；陪伴自己的孩子成长；大量阅读古今圣贤、文学、哲学、心理、教育等书籍，在文化底蕴中深深地扎根下去。阅读已经成了她的一种生活态度和精神追求……

对于曾经获得的荣誉、奖励，她变得不怎么看重了。她觉得，那只是自己教学生涯的一个过程，过去就过去了，要学会让一切归零，活在当下，如果背负着过多的名和利，无形中会有一个框架把自己框住，走得很累。

渐渐沉淀下来的内心，如一泓清泉，映照出人生的本质和意义！

经由素食生活的开启，生命的能见度一步步打开，她越走越欢喜。从困惑、焦虑中走出来的她，走进了"生命"的层面，看到了充满希望的未来——借助自己进入一种文明、一种改变，把家庭、机构变成一个文明的地方！

罗曼·罗兰说过："快乐和幸福不能靠外来的物质和虚荣，而要靠自己内心的高贵和正直。"

是的！"当一个人的灵魂升华，世俗的纷扰就像宽广的大地，匍匐于脚下，延伸后变得渺小。"

这就是心灵境界的超越！

在课余与家长们的交流中，她发现一些家庭在教育小孩方面出现很多问题。她萌生了一个想法：能否以艺术培训为契机，提供一个平台，解决家长的需求与困惑，让他们的家庭逐步走上文明、幸福之路呢？

系统学习了家庭教育的黄涛，内心也产生了一种想法：改变以前商业化的模式，走一条有别于其他机构的路——做文明人，让孩子更懂美，让家庭更幸福。

做一个有思想的文化艺术教育机构！

关于机构的发展理念，她与丈夫不谋而合，想法高度一致。

妻子的理解、支持与爱，正是一个男人在事业上迈向高峰的坚实台阶！

他们从自身做起，从自己的小家做起，从机构内部做起，从生活中、工作中的一件件小事做起，让自己、家庭、机构进入一个文明幸福的状态，然后吸引别人过来，也愿意往这条文明之路去走……

他们从机构内部一点一滴地践行。开展"文明人与我成长的关系"讲座；讲文明用语；老师上课自己先做到不迟到，上完课后摆放好道具、关灯、关电源……

她与员工一起擦玻璃，收拾、整理、擦舞蹈垫，完成后分享各自的感受；她引导机构的高管、员工吃素，开素食生日会，做素蛋糕；学做素食、学插花、学茶艺、学书法……

如果发现员工把生活上的情绪带到工作中，她亲自为其疏导；员工不便讲出来，她就默默地陪伴……

为了提升员工的潜能和形象，她还为前台老师开设了一个形体班。一位曾在机构做前台的舞蹈老师，廖莉看到她的潜质，鼓励她利用业余时间提升自我、使自我增值，先是当舞蹈老师助教，后来又考级，成为专业的舞蹈老师。

员工们见证廖莉从"生活"到"生命"所呈现出的不同状态的同时，在工作中又亲身体会到一种文明，感受到有人关心、帮助的温暖，也感受到被人欣赏的幸福。

每星期的例会上，员工轮流做主持。会议上，黄涛讲一个富有哲理、寓意深刻的故事，每个员工用一分钟时间把自己的体会表达出来。如果有人不愿意表达，也可以沉默一分钟。这一分钟是属于她的，其他人就望着她微笑一分钟，体现的也是一种文明的状态。

员工们觉得，在培训中心得到的不单是一份工作，更是获得了个人的成长和精神上的收获。

在教师风采墙上，用水晶字雕刻着一句话："您教室里的每个孩子，都是一个家庭的整个世界！教育者要永远保持一颗充满爱与责任的心。"

这句话并不是标在墙上的一句口号，而是时刻提醒老师们，要把自己的工作落到实处，牢记自己的责任。

作为机构负责人的黄涛，更是把它作为自己的一份责任、一份担当！

机构不定时地向家长免费提供形式多样的家庭教育，或邀请专家来讲授，或由黄涛老师亲自讲；或举行座谈会，家长提出自己在家庭教育方面的问题和困惑，其他家长各抒己见，分享自己的育儿心得，提出解决方案……

为了给"构建幸福和谐家庭"出一分力，机构从负责人到老师、员工每天不间断地在微信朋友圈分享"韵舞幸福家庭语录"。

廖莉说："哪怕只对一个人、一个家庭产生启发、帮助，这份付出也是值得的。"

在暑假的一期舞蹈培训班上，下课了，她温和地对孩子们说："你们在家里有没有做家务呢？不如我们从今天开始，一起来做家务小能手，回去帮爸爸妈妈做一些力所能及的家务，好吗？"孩子们异口同声地答应下来。

在暑期培训班上，她还带来电磁炉，放学时煮素食、素面给孩子们吃，引导她们说："我们今天吃素，保护了地球环境，等于种了 66 棵树。"

培训班结束，做总结汇报时，家长们讲到孩子们在家里的变化，都显得非常高兴，由衷地感谢廖莉老师。

是的！她不光是孩子们的舞蹈老师，还是她们生活上的导师。她在一点一滴地践行着自己心中的"善愿"，播撒文明之花的种子……

如今，机构走的尽管不是传统的商业路线，但发展反而更快，知名度也更高了。开设的课程也越来越丰富，包括钢琴、吉他、爵士鼓、古筝、尤克里里、长笛、萨克斯、小提琴、非洲鼓教学和流行童声演唱、流行歌曲演唱等音乐教学，舞蹈教学有中国舞、拉丁舞、肚皮舞、街舞、少儿模特舞蹈秀等，国学文化教育有书法、创意美术、家庭教育、父母课堂、创意黏土、语言艺术、创客空间等。

走在南庄的大街小巷，不时可以看到穿着"韵舞国际"练功服的孩子迎面而来，他们踏着幸福的脚步，散发着一种美丽而自信的气质，给人一种"艺术之花开遍地"的感觉。

通过艺术培训，唤醒孩子们的美感，让他们带着一颗艺术之心认识美、表现美。

做文明人，让孩子更懂美，让家庭更幸福！

这是黄涛和廖莉的初心，更是他们的愿景，也感召了很多机构、个人慕名上门要求合作，其中不乏一些非常有才华的专业老师，他们已经有足够的能力成立自己的工作室，但他们却更愿意留在韵舞国际艺术文化中心这个平台上，打动他们的恰恰是两人的这份情怀和人格魅力。

（五）

"虽然我们能做的事情有限，但也很重要。希望可以借助韵舞国际艺术文化中心这个平台，让自己不断地往一个更加文明的生活方式、工作方式去迈进。然后借由这个契机，去真正影响、帮助一些有缘的家庭，让这个文明的事业慢慢传播出去。"

廖莉一边品着手中的茶，一边谦卑地说。

此刻的她，在我眼里，像一杯白茶，纯洁高贵！

"高高山顶立，深深海底行。"

是的！她要行的是一段文明道路，让身边人的生活、家庭、事业都进入一种文明、幸福的状态。

觉悟人生，奉献人生！

有人说，经过冲泡的茶叶，毫无保留地释放自己，才能把茶香带给品茶的人。人也是在奉献的过程中，才能让别人了解自己的价值，从而实现人生价值的升华……

人生到了"生命"这个层面，廖莉品尝到的是一杯"智慧"之茶！

创业路上的"追梦人"

20 世纪 80 年代初,改革开放的春风在神州大地上已经吹拂了几个年头,所经之处,呈现出喜人的生机。在广西一个偏远的小山村,这股春风却被一座又一座的大山挡住了,没法吹到那里。贫困、落后依然是人们生活的面貌。

李东明出生在这座小山村一个贫苦的家庭。

小时候的他,穿的是哥哥姐姐穿过的,缝了又缝、补了又补的旧衣服;吃的是野菜、红薯饭;住的是每逢下雨便泥沙俱下的黄泥屋。每到下雨时节,即使是三更半夜,一家人都要起床,手忙脚乱地拿着木盆去接和着黄泥巴的雨水。小小年纪的他看在眼里,记在心里。他默默地想,长大以后,一定要把房子修得扎实又漂亮,任凭风吹雨打都不让它掉黄泥巴。

一颗种子播在他小小的心田里!

生活条件的艰辛并没有妨碍父母的远见,他们懂得知识改变命运的道理,省吃俭用也要把孩子送进学校求学。

在知识的殿堂里,他如饥似渴地学习。尽管从未走出过这个封闭落后的小山村,书籍却打开了他的眼界,他知道国家正在日新月异地发展着。在他小小的心灵里,他懵懵懂懂地觉得,有一股力量正召唤着他走出大山。

他发奋图强,以优异的成绩考上广西某大学的营销策划专业。勤工俭学完成四年学业后，他应聘到广东顺德一家墙艺涂料厂做营销策划。

在涂料厂，他勤勉出色地完成自己的本职工作。下班后，他并没有像其他同事一样急着赶回家，而是一头钻进涂料车间，向师傅学技术、学工艺，主动承担起帮他们"打下手"的工作。师傅们从心底里喜欢这个踏实勤恳的小伙子，都乐意把工艺技术教给他。他始终相信一句话——"技多不压身"。

人心都是向往美好的！

随着国家越来越繁荣富强，人们的生活水平日益提高，对居住环境的要求也越来越高。墙艺涂料由于其个性化、节能环保的特点，在色彩、艺术、空间、生活、美学、人文等方面契合了现代人对美的追求向往，被越来越多的人接受。

看到墙艺涂料巨大的市场潜力，他萌生了自己出来创业的想法。他把想法告诉新婚不久的妻子，得到她的支持后，他毅然辞去别人羡慕的营销策划一职，准备在涂料市场的广阔天地里开创一番属于自己的事业。

小时候种在心田的那颗小小的种子开始萌芽了！

（二）

2009年底，李东明在广东顺德租了一间40平方米的店面，踏上了艰辛的创业之路。

结婚聘礼、摆喜酒已经花去他大部分的积蓄，每月还要寄钱回家赡养双亲。那时候，他身上仅有四千多元，可光是店铺的转让费就要六千元。他向亲戚借了一万元，交了店铺的转让费和租金后，用剩下的钱买了材料和工具。他恨不得一分钱掰成两分花。

城乡一体化的发展，许多楼盘如雨后春笋般在佛山这座现代化城市中拔地而起，带来了无限的商机。

李东明既是老板又是员工。他让妻子看店，自己主动出击，了解哪个楼盘的业主要收楼了，就骑着电动车到楼盘跑业务。接到业务，哪怕路途再远，他都只能骑着电动车把工具和材料分几次运送到工地。因为包车成本太贵，坐公交车又不便把工具材料拿上去。一次去施工的途中，电动车没电了，南方的夏天又闷又热，他顶着烈日把满载工具和材料的电动车推行了很远很远，才借到地方充电。他已经口干舌燥，旁边就是小卖部，他却舍不得花一元钱买矿泉水喝。

少年时的梦想激励着他！

资金紧缺是他创业初期所面临的难题，他却始终坚守着一个信条：宁愿自己少赚，也要尽力把墙艺做好，让客户满意度更高。

有一个客户讨价还价后，给出的价格实在太低。要是按以往的材料工艺去做，他根本赚不了多少钱。假如把第一道的防潮渗漏工序省去，他便可以省下几百元的材料费，而且客户是无从知晓的；为了使墙体不透色，底漆一般要求上两层，要是只上一层，客户也是不知道的，剩下的材料费又是一笔不错的收入。可他并没有偷工减料，甚至在完工后，客户并没有提出异议的情况下，仅仅因为他觉得不符合自己的标准，他又免费多做了一层保护膜，大大增加了墙面的光泽度和质感。客户对整体效果非常满意，主动为他介绍了好几个业主客户，这些业主又为他介绍客户。看似不经意的一次举动，为他赢来了细水长流的客源。

偶然的背后其实是一种必然。敬业的态度、精益求精的工匠精神，为他创业之初铺就了一道坚实的基础。

一位业主选择了"天鹅绒"艺术涂料做背景墙，工艺较之前常做的"珍珠贝点彩""三色珠光""银箔系列"要复杂。他在涂料车间跟师傅学过这项工艺，却没有在施工中实践过。要是他不做"天鹅绒"背景墙，将意味着同时失去这个客户整个套间的墙体业务。

他身上的那种勇于尝试的大胆气质，使他毫不犹豫地把这项业务承接下来。

他仔细检查一遍墙身的平整度，确认没问题，按业主所选的色泽，调配出一种与面色相近的底色，上完第一层色，待干后，再涂第二层稍厚的涂料，未干之前进行两次"S型"的抛光打磨。

施工完成后，却达不到他预期该呈现出来的效果。面对着这幅倾注着自己心血和热望的背景墙，他陷入了沉思。

工艺错了？材料的兑水量不对？还是墙体的干湿度掌握得不够好？

哪里出现问题，就在哪里解决！

他想到了涂料厂的师傅。

当他再次出现在师傅们面前时，大家几乎认不出他了。昔日文质彬彬的他，肌肤被晒得粗糙黝黑，脸上却流露出一种刚毅的神情。

在师傅们的热心指导下，李东明很快便找到了问题的所在。他返回工地，把那道背景墙重新刷上白灰。此时的背景墙，像北国冬天的大地，被厚厚的白雪覆盖着，变得纯净而美好。

他再次完成"天鹅绒"的施工，像欣赏一件艺术品一样注视着自己的"作品"。不同角度下，光线折射出丝绸般变幻的光泽。他不禁用手轻轻抚摸墙体，手感细腻光滑，作品呈现出"天鹅绒"工艺所特有的轻奢华丽的效果。

他的嘴角露出满意的笑容，连日来的辛劳被掩埋下去了……

"心心在一艺，其艺必工；心心在一职，其职必举！"

随着业务量的不断扩大，李东明的生意越做越红火。短短三年时间,他在顺德已经拥有四家门店,有员工二十多人。

国家经济在腾飞,一个前所未有的大时代就要来临了!

随着生活水平的极大提高和人们对美好生活的向往追求,人们对家装的要求越来越高。尽管出现了许多如墙板、墙布、墙纸等替代品,但墙艺涂料却因其层次多样、色泽丰富、格调高雅大方、环保耐用等特点而独树一帜。

产品已然成为一种行业!

这个行业将迈入一个飞速发展的时期。

他要把满腔的热情倾注到自己热爱又熟悉的行业中去。

（三）

一个人的志向有多高,决定了他能走多远!

中国工业化及城市化的进程为工业涂料、建筑涂料等快速发展提供了契机。

李东明决定抓住机遇,走得更高、更远,他要开一间墙艺涂料公司。

敢想敢干、有志气、有冲劲的性格特质又一次在他身上充分展现出来。

2014 年底,他紧锣密鼓地找厂房,到商标局注册商标——君匠世家建材有限公司。

多么气派的名字!似乎也预言了墙艺涂料市场的辉煌前景。

这位广西农村出身的草根创业者,来到广东佛山顺德这片热土,要开启人生的新篇章了。

2006 年,全国涂料生产企业不足 10 家,年产值 1000 万;2009 年,全国涂料生产企业为 30 家左右,年产值超过 5000 万,终端市场销量超 3 亿;2012 年,全国涂料生产企业超过 80 家,年产值超 20 亿;2015 年涂料生产企业接近 400 家,年产值及终端市场销量额破百亿……

面对前景看好、增长迅猛的庞大市场，初创涂料企业的李东明却落入了举步维艰的境地。

做企业与开门店毕竟有许多不同之处，产品的研发生产、企业的管理、市场的开拓、资金的运作……尤其是作为一家新兴涂料公司，品牌知名度不高，销售渠道不广，销量铺不开，产品积压，资金回笼不及时造成资金链断裂。如何打开销路，成为亟待解决的问题。材料供应商追讨货款、厂房租金、员工工资的发放……一个又一个的问题等着他去应对、解决。

理想与现实的落差，令他在创业之初有种始料不及的挫败感。而他身上那种历经挫折不言败的特质，又使他的内心有个坚定的信念——企业必定会成功的！

离开家乡出来工作的这些年，他养成了一个习惯，哪怕工作再忙再累，每天晚上都抽出时间打电话给乡下的双亲，问候二老，与他们拉拉家常。

这已经构成了雷打不动的生活中的一部分，电话成了维系那份血浓于水的亲情的载体。

这天晚上，老父亲跟他聊了几句家常后，无意间提到村里那些用黄泥巴做的老屋。政府出台了一项扶贫政策：凡拆建老屋的，每户补贴三万多元，鼓励生活条件大大改善的村民们建新房子。

听到这个消息，他内心一阵振奋，不禁想起一句话：只有把人生理想融入国家和民族的事业中，才能最终成就一番事业。

是的！只有心怀国家和人民，才能最终成就一番事业。

整个民族就要腾飞了，自己应该去添一把火、加一把力！

思想的光华注入了他的内心。他生出了一种前所未有的驱动力，把这段时间的困境、迷茫、挫败驱散。

大时代来临了，他应该具有一种大格局！

如何抓住机遇，在个人的事业中把自己的贡献放到这个大时代中去呢?

夜色浓重,月华破窗,落满一地。妻子轻拍着儿子,哼着儿歌伴他入梦。

通过点燃别人的梦想去实现自己的梦想,帮助他人致富创业。这样的想法电光石火间跃入他的脑海,他激动得心潮澎湃,睡意全无,立刻起床,充满激情地写下一份艺术壁材工艺培训计划。

果断是他的处事风格!

三楼的样板间很快被腾出来作为教学地点。君匠世家商学院正式成立。

通过微信平台、抖音、快手等媒体的宣传推广,参加墙艺培训的人越来越踊跃。他们当中,有些是装修行业的老板和员工;有些是在其他行业的发展遇到了瓶颈,转向另一个新的领域尝试一下;有的则是刚毕业,想自己出来创业的学生……

艺术墙漆的工艺较多,有上千种。李东明与工艺培训的师傅商量,从中提炼出工艺较为简单的二十多种,进行标准化教学,在此基础上,再向深度工艺进一步演变。

实践课上,学员们穿着统一的服装,认真投入地学习。师傅细心讲解各种工艺流程、施工手法、注意事项,学员们一边实践一边做好笔记记录。

营销课上,讲师对材料成本、人工成本、成交价格、标价、获客渠道及如何成功谈单做了详尽的讲解。

为了节省学员的外出就餐时间,让他们中午可以小休一会儿,以应付下午的培训学习,公司饭堂还为他们提供免费的午餐。

吃饭时间是最开心快乐的时光。他亲自把碗筷送到学员手中,他们都深切感受到他的平易近人,以及传递过来的那份尊重。

大家围坐在一起，像一个大家庭一样，边享用着可口的饭菜边谈天说地。李东明的业余爱好是博览群书，他的谈笑风生更是成了餐桌上一道必不可少的"佐料"。从国家的发展到个人的命运、人生的价值，从政治、经济、哲学到艺术，从人文、地理、风水到涂艺行业的前景，他的话犹如一本厚重的百科全书展现在大家面前。

他还分享了自己经营门店时，与一位大客户洽谈业务的一件"趣事"。

他上门拜访这位客户时，客户还处于采用墙布还是艺术涂料的犹豫不决中。他知道客户对"古建筑"的话题感兴趣，便跟他聊起了故宫。他说，故宫是世界上现存规模最大、保存最为完整的木质结构古建筑之一。他看到对方听得兴趣盎然，便向对方抛出一个问题："你知道为什么故宫要采用木质结构吗？"对方追问为什么，他说："我个人认为原因之一是，这些木材可以释放出对人体有益的物质。"

对方若有所思时，他又不失时机地补充道："我们的涂料产品也是相当环保的，可以释放出多种人体所需的矿物质，这也是其之于墙布的优胜之处。"

经他轻轻"点拨"，对方欣然决定采用他的方案，用艺术涂料装饰几千平方米的墙体。

他的博学水到渠成地促成了一项大业务……

七天培训课程结束后，学员们对墙艺涂料行业充满了信心和热望，不少人加盟成为经销商。有暂时不想创业的，他又热心地为他们推荐就业。

对于经销商，他不遗余力地给他们赋能：给予大力度的支持，派师傅到店面装修上样；免费提供手提板、黑卡、图册的样板；派专业的销售人员到店指导；针对那些没有墙艺工人的店面，又输送一些装修人员给予技术上的支持……

公司在墙艺涂料行业赢来了良好的声誉和口碑，销售局面迅速打开。

由于公司坚持以质量管理为基础，以品牌建设为核心，以设计研发为先导，以市场拓展为驱动，以工匠精神为理念，点燃别人创业梦的同时，也实现了企业的快速发展。

在李东明那间格调高雅的办公室，办公桌后面的那幅中国地图显得尤为引人注目。在祖国辽阔的版图上，星罗棋布地标记着经销商的店名。

这位有理想有抱负的创业者，能够一步一个脚印地开创属于自己的一番事业，除了与他自身的胸有宏图、心怀大众有关外，不正是因为背后有着祖国这个强大的后盾支撑吗？

（四）

"君匠世家"如一个嗷嗷待哺的婴孩在祖国的怀抱中不断地茁壮成长。李东明内心深处的爱国情操被激发出来，他觉得公司理应承担起相应的社会责任。

随着国家对环保要求、土地利用要求越来越高，他也对自己公司的研发团队提出了相应的要求：不但产品在使用时要环保，当这些产品回流回归土地时，不能造成污染，而且对土地的改善、对植物的生长还要有所帮助。

为了责无旁贷的社会责任，他力求精益求精。公司投入大量的人力、物力、财力，研发出一种特殊因子。这种因子被加入涂料里面，涂膜便能持久释放负离子，快速分解甲醛、苯等有害物质，有效净化空气，而且能促进新陈代谢、清除体内垃圾。正如他当初要求和设想的一样，这些产品回流回归土地时，不但对土地没有造成污染，对改善植物的生长环境还提供了一定的帮助。

他以一种最好的方式回馈国家和社会。

尽管公司有几款产品卖得相当红火，甚至一度出现供不应求的局面，但这并没有成为他止步不前的借口。他强烈意识到：唯有不断创新，不断追求卓越，公司才能在激烈的市场竞争中屹立不倒。

为此，他"三顾茅庐"，聘请涂料专家、教授作为技术顾问，致力于产品的创新研发。

作为公司的"后劲力量"，这支研发团队孜孜不倦地反复试制、研发，配合工艺方面的不断突破和创新，终于研发出一款产品，他赋予其诗意、浪漫的名字——巴黎印象。由于该产品具有环保、高贵时尚、防霉防潮、超强耐擦洗等特点，简约自然的纹路又诠释着奢华大气的底蕴，一经投放市场便成为爆款，连续畅销、经久不衰。

"人生的价值和意义才是我们追求的目标，名和利只是它的副产品。"这是李东明经常对员工说的话，也是他人生的座右铭。

虽然中国已然成为全球最大的涂料生产国，但由于涂料产业发展较晚，目前全球前十大涂料生产企业仍集中在北美、欧洲、亚洲的日本。另一个问题是，以前市场上的进口涂料，实际上大部分是在中国代工生产的 。

作为后起之秀的涂料企业，"君匠世家"在国内站稳脚跟后，李东明萌生了走出口之路的想法。他计划在未来的三年，先出口缅甸、泰国等东南亚国家，然后由东南亚到欧洲再到北美，走出国门、走向世界，让中国涂料在全球市场上占据一席之地。

（五）

一棵树的根只有扎得越深，树枝才能向天空伸展得越高越远，枝叶才能更繁茂。来自广西农村的他，无论人在何处，根早已深深扎在生养他的故土。

在广西,有许多从事扇灰行业的老乡,他们接受的文化教育不多,做底层工作的较多。

赠人玫瑰,手有余香!

已然站在人生高处的他又生出一个梦想,那就是引领父老乡亲们完成从扇灰工到艺术工的华丽转身,向更高层次定位:在扇灰的基础上提升,学习更多的工艺技能,做一个有素养、有品位,对美好生活有追求的人。

带领他们在共同创业致富的路上,一起唤醒人们的美学"灵魂",把美好的生活状态和精神品质传播到千家万户……

旗袍修身　善美修心

什么样的女子为美？旗袍女子！带着一颗仁善慈爱之心的旗袍女子更美！

（一）共圆旗袍梦

2018年3月10日上午,广东省佛山市狮城首届社区文化艺术节开幕式暨"相约狮城,百媚人生"旗袍文化活动在狮山文化广场拉开帷幕。

阳光明媚,春意盎然,空气中满是百花令人陶醉的芬芳,狮城旗袍文化协会二百多名身穿各式旗袍的女子组成队列,随着一曲《水木兰亭》的优美旋律,在舞台上下婀娜多姿地为现场观众展示了东方女性的优美体态和独特神韵,引来居民群众阵阵热烈的掌声和喝彩欢呼声,吸引了不少途经的路人驻足观看。更有不少摄影爱好者带着摄影设备慕名而来,把旗袍女子高贵典雅、温婉贤淑的身姿"定格"下来。

旗袍展演结束后,各个旗袍队伍轮番上台展示自己队伍的特色。

狮城旗袍文化协会理事会十二位成员身穿一袭袭镶有鳞片的浅绿色旗袍,旗袍上绣着简洁明丽的桃花图案,宛若朵朵桃花在绿意盈盈的枝间绽放。她们笑意盈盈,眼神笃定自信,神采飞扬而又温婉优雅地把这一袭袭旗袍演绎得淋漓尽致。

红黑旗袍魅力组,颜色搭配热情奔放又含蓄内敛,旗袍姐妹们用曼妙身姿将它们驾驭，完美表现出来；

青花瓷活力组，那是 40 岁以下的年龄组别。她们动静皆宜，站立时所散发出来的静美，转身时呈现出来的气派，无不让台下观众为之倾倒。

她们用旗袍演绎中华女性的婉约之美，展示女性的美丽与自信，让居民群众深入了解旗袍文化的精髓，营造出一个"人人参与文化，人人享受文化"的良好氛围，达到人人参与社区文化的繁荣景象。

展演获得了巨大成功！

当地电视台、新闻媒体争相采访报道，好评如潮水般涌来。

台上跳舞，台下走秀，现场的每个角落无不让人感受到一份震撼。

那是一份来自民族精神的震撼！

是的！旗袍作为中国传统服饰的代表，它的产生和发展，都深深扎根于中华文明的沃土之中，所体现出来的不正是中华民族特有的文化价值和民族精神吗？

这二百多名来自各行各业的旗袍女子在会长黎晚欢的带领下，在十二名理事会成员群策群力共同努力下，仿如她们身着的华袍一样荧光闪耀，在这个辉煌的舞台上闪亮登场。

有了这次展演经历，她们的人生也将从此与众不同。在广阔的人生舞台上，在她们的心中，已经有了一份追求——共圆旗袍梦，实现对美好生活的向往。

（二）以舞会知音，旗袍结善缘

从 2017 年 4 月 27 日狮城旗袍文化协会成立时的十来人，到 2017 年 9 月份开始走程序，向民政部门申报备案时有四十六人，到农历年底接到任务，准备 2018 年 3 月 10 日的这场大型展演，不到一年时间，到底是怎样的因缘和力量，使这样一个民间团体得以如此快速地成长呢？

由于对舞蹈的共同爱好，黎晚欢与李秋枝等自发组成一支舞蹈队，准备参加 2017 年 8 月举行的"南海区社区文化节系列活动之第四届禅南社区团体舞"大赛。与擅长跳舞的邱老师沟通后，大家决定凭借旗袍伞舞《江南雨》参赛。文化站黎老师得知情况后，亲自为这支由十六人组成的舞蹈队做技术指导，开创了文化站为"草根"舞蹈队指导的先河。

刻苦排练两个多月后，2017 年 7 月 14 日，狮山村居行惠民巡演"树本源·塘之彩"之唐边站，作为公益义演的《江南雨》第一次正式登台亮相。

村民们热情高涨，表演者倾情投入，台上台下一片热闹。

旗袍伞舞《江南雨》在这次巡演中获得了成长的机会。

作为古典传承的旗袍文化，让居民群众大开了眼界。表演结束后，几位四五十岁的女性村民难掩兴奋之情，悄悄走到后台，却显得有点不好意思地问黎晚欢会长："你们的旗袍文化活动要什么条件才能参加？我们能参加吗？"黎晚欢笑容可亲地回答："只要你们愿意，时间方面又允许，随时欢迎加入我们狮城旗袍文化协会。"她的真诚与友善，使巡演过程中不断有新人加入旗袍文化协会。

在一次次登台亮相中，她们的舞台经验越来越丰富。一边紧锣密鼓地排练，一边进行惠民巡演，《江南雨》在不断地成长、提升。到 2017 年 8 月 12 日参加"第四届禅南社区团体舞"大赛时，这群旗袍女子身穿华美旗袍，手握油纸伞，莲步轻盈、姿态优雅、神韵迷人地把一曲《江南雨》演绎得婉转动人，征服了全场的评委和观众，以第二名的成绩成功进入决赛。

有此成绩，是多么难能可贵！又是多么的来之不易啊！

身为会长的黎晚欢，既要与大家一起排练节目，又要参加舞蹈培训班，同时亲力亲为地辅导新加入学员的旗袍走秀及常规集体训练。

在黎晚欢等十二名理事会成员的共同努力下，在狮城居委和社工局的帮助下，2017 年 11 月，狮城旗袍文化协会终于成功申报备案。

2017 年 11 月 29 日，正是南国初冬时节，尽管不算冷，呼呼的北风还是卷起了几分寒意，却冷却不了被唤醒了美学"灵魂"的旗袍姐妹们高涨的学习热情。她们穿上旗袍，准时来到狮山体育馆二楼树本武道教育培训中心，该中心负责人、心怀大爱的张老师特意把每周二的场地空出来，作为旗袍姐妹们培训、学习的基地。

狮城旗袍文化协会第一期公益培训班正式开班。

课程分为两部分：先由"纤美会"瑜伽导师在室内进行站姿、走姿、摆手、抬腿、侧身、转身的基础教学；再由会长黎晚欢亲自带领，到室外的狮山文化广场排练走秀。

一个女人穿上旗袍，便是女神；一群女人穿上旗袍，便是风景。

这道行走在广场上的亮丽风景线吸引了众人的目光，尤其是引来了一些路过广场或在广场带小朋友的女性围观。

她们眼里流露出来的是对这群温婉优雅的旗袍女子羡慕的目光。她们或窃窃私语，或交头接耳。

"不知怎样才能加入呢？"

"要不要交钱的？"

"我们是外镇的，不属狮山，不知能否参加呢？"

寒风把她们的话卷进黎晚欢的耳朵。排练结束后，她主动走到她们跟前，亲切地说："狮城旗袍文化协会不拘一格，随时欢迎大家加入。入会不收取任何费用，培训也是免费的，要求就是必须穿上旗袍来上课。"

爱美之心，人皆有之。人群中顿时响起热烈的掌声。

她用一颗大爱包容之心，一份与生俱来的亲和力，真诚无私的人格魅力，使狮城旗袍文化协会不断地发展壮大，人数从原来的十六人增加至八十多人，从而打造出一个为美丽狮山添色增彩的公益性学习、互助交流平台，建成旗袍爱好者的幸福家园，传承弘扬中华民族的传统文化，唤醒更多热爱生活的女性内外兼修、提高素质。

时间的河流在狮城旗袍文化协会每周一期的公益培训中悄然流逝。2018年1月中旬的一天，黎晚欢接到任务，在狮城社区首届文化艺术节开幕式上进行大型旗袍展演。

对于大型旗袍走秀活动经验尚浅的狮城旗袍文化协会来说，如此重大的场合，如此重要的任务，她们能否担当得起呢？人们不禁为她们捏了一把汗。

义不容辞！黎晚欢甚至来不及考虑，便一口答应下来。

这是何等的气魄，何等的勇气！

尽管成立时间短、人员不够、经验不足，但这群旗袍女子却要用她们的温婉、大气把这次展演任务担当下来。

这是一种志气、一种精神、一种当代女性的时代精神！

夜色把南国的隆冬结实地包裹起来。园子里的蜡梅迎着凛冽的寒风傲然挺立，一阵阵清幽花香沁人心脾。

夜已经很深很深，黎晚欢还在灯下苦思冥想，她在构思着3月10日的大型旗袍展演活动。

人员的递增、服装的安排，选什么曲目作为背景音乐，走秀展演如何编排，如何让每位旗袍姐妹都能成为主角而不是背景……

任务是紧迫而艰巨的。困难面前，她勇挑重担。"宝剑锋从磨砺出，梅花香自苦寒来"。园子里那株蜡梅坚韧不拔、不屈不挠、自强不息的精神，不也正是她的真实写照吗？

第二天，她把用一夜时间构思出来的想法与协会理事会成员商议，终于有了初步的方案。

对于大型旗袍走秀经验依然空白的狮城旗袍文化协会来说，亟待解决的首先是节目的编排问题。黎晚欢想到"借力"近邻——小塘旗袍队，她们是广州旗袍文化协会的小分队，又曾自费到南海区老干部活动中心进行专业旗袍走秀的培训。

眼看着距离展演仅有一个多月的时间，其间还跨过中国人最看重的农历新年。

燃眉之急！

事不宜迟。黎晚欢迅速带领理事会成员来到小塘旗袍队，虚心向她们请教。小塘旗袍队的姐妹们被她们的真诚打动，义不容辞，尽心出力地给予很多的指导建议和意见。她们发来旗袍秀歌曲，又找到多款旗袍的图片让她们选，还答应到时派出二十人支援展演。

通过细心聆听，理事会最终选出委婉清丽的《水木兰亭》作为展演旗袍秀曲目；从众多的旗袍款式中选定了青花瓷、红黑搭配、浅绿亮光；把旗袍秀分成三队，并冠以诗意的名称——活力组、魅力组、黄金组，活力组的手拿小灯笼，魅力组的拿扇，黄金组的拿中国结。不但服饰多样，所持道具亦各不相同，避免单一。理事会成员心思细腻，办事认真周全，从中亦可见一斑。

狮山文化广场场地相当开阔，在纵横交错的水泥小道间铺着如茵绿草。要是仅有几十人的队列，并不足以把旗袍秀的大气大美完美地呈现出来。人员问题如何解决呢？黎晚欢又想到权宜之计——借力而行，"借力"狮山四个舞蹈协会，从而增加了一百多人。再加上小塘旗袍队派出的二十人，人数便达到二百多人。问题迎刃而解！

约好人后，列出名单，然后在微信群里发出通知，排练人员"接龙"。执行会长李秋枝按照姐妹们报上来的尺码买旗袍、买道具。准备工作在紧张有序地进行着。

正是隆冬时节，就算穿着羽绒服在室内也能感觉到袭人的寒意。在寒风凛冽的狮山文化广场，一群女子却穿着单薄的旗袍，进行旗袍秀排练。她们走得那样从容、优雅，丝毫没有因为寒风显得瑟缩，失了仪态。黎晚欢一边在前面引领着大家，一边鼓舞着士气："我们必须时刻谨记，走出去代表的不单是个人的荣誉，更是代表狮城旗袍文化协会，代表狮城，希望姐妹们都认真对待每一次排练，力求做到最好，把最完美的姿态和神韵秀出来。"

这位外表高贵端庄，举止优雅，总是带着温暖笑意的狮城旗袍文化协会会长，从外表看，根本看不出已是一位五十多岁的人。

自从扛起了开幕式旗袍展演的担子，她身上便有了一份使命感。

每周一、三、五上午 9:00—11:00 集体训练，星期二、四、六则亲自辅导新来的学员和动作不到位的旧学员。她尽心尽力地教她们，希望每位旗袍姐妹都能顺利过关，都能参加演出。为了方便上班一族，她还牺牲了休息时间，特意在下午 1:30—2:30 加开一个班，亲自培训。

为了能出色地完成这次展演，旗袍姐妹们一直排练到农历腊月二十六。黎晚欢和理事会成员甚至连过年都没有休息，继续为动作不过关的学员加强训练。

无私的奉献精神！高尚的情操！

有了黎晚欢会长和理事会成员的勇挑重担、无私奉献，有了其他协会的鼎力相助，有了旗袍姐妹们同心同德的刻苦训练，这次大型展演获得了巨大的成功！

艺术节开幕式旗袍展演经电视台、新闻媒体播报后，狮城旗袍文化协会取得了大家一致的好评与关注。

机会总是垂青那些付出努力又时刻有所准备的人。

开幕式展演后的第三天，黎晚欢又接到通知，3月18日小塘北江数千人十公里徒步，要求协会选出三十名旗袍姐妹参加到时的北江堤岸旗袍秀。事不宜迟！黎晚欢马上出通知，让姐妹们在群里报名"接龙"。到了15号那天，主办方又说人数不限。理事会协商，最后定为一百二十人。她又一次在群里出通知，报名"接龙"。15、16、17日上午9:00—11:00，连续三天进行紧锣密鼓的排练。由于人力、物力有限，不可能租大巴车将这一百二十人送到北江堤岸现场踩点，黎晚欢想到一个"折中"的办法，让姐妹们模拟走秀，3月18日那天提早到现场踩点。

18日当天，北江堤岸人山人海。3月已是百花盛放的时节，这群婉丽动人的旗袍女子为北江堤岸增添了千娇百媚的春色。她们举手投足间所释放出来的东方神韵和风雅魅力，吸引了大众的眼球，成为这次活动的一大亮点。

与此同时，在中央电视台南海影视城，"向世界招手·一带一路旗袍文化之旅"系列活动之"百城旗袍耀中华"南海站启动仪式正华彩启幕。数百名旗袍佳丽会聚影城，"大气秀美，旗韵华袍"。来自各地的旗袍爱好者向世界招手，她们自信而优雅，端庄又大方，上演着一场华美盛大的旗袍文化盛宴，向人们展示出中国国粹和女性国服的魅力。

这是一个提供难得机会的大舞台。

为了北江堤岸的徒步展演，姐妹们放弃了这里的活动。

徒步展演结束后，她们私下谈论影视城的旗袍文化盛宴，谈起那边的大舞台，无不流露出艳羡的神色。黎晚欢看在眼里，记在心上。

她顾不上连日排练和徒步展演的劳累，第二天便驱车赶往南海影视城，找到举办"百城旗袍耀中华"活动的负责人，跟他协商，能否给出一个时段，让狮城旗袍文化协会的一百多位姐妹在不参赛的前提下，在舞台上展示、走秀。负责人被她的真诚与大爱深深打动，当即答应了她的请求。

3月25日，狮城旗袍文化协会的一百多名旗袍女子欢聚南海影视城，在影视城提供的大舞台上精彩走秀展演，博得上千游客的热烈掌声。在这个华丽的大舞台上，又一次圆了姐妹们的旗袍梦。

这次难忘的经历又一次开阔了她们的视野。在众人的聚光灯下，身穿华美女性国服的旗袍姐妹们，一种民族自豪感不禁在心间升腾起来。

热爱舞蹈的黎晚欢，喜欢用优美的舞姿展现生活的美好。她特别珍视每次登台表演的机会。狮城旗袍文化协会的成立，使她们登台演出的机会更多了。

登上影视城大舞台后，黎晚欢又接到通知，7月份开始进行2018年佛山高新区民俗特色文化展示惠民巡演。从选节目、选人员、购服饰道具到排练仅三个月的时间，她带领理事会成员又进入新一轮紧张而兴奋的筹备当中。

为了突出这次惠民巡演的主题"民俗特色文化展示"，她亲力亲为，上网搜索了大量资料、视频，最终选定了中国戏曲元素舞蹈《俏花旦》。她觉得作为中华文化的精髓，戏曲中的生旦净末丑也是各有味道，《俏花旦》能够巧妙地将戏曲中花旦的手、眼、身法、步法等与舞蹈结合在一起，生动有趣地表现出这一角色的表演风格。唯一让人顾虑的是，它的表演难度相当大。

她又一次勇挑重担，知难而行！

只要有时间，她便全情投入《俏花旦》的学习当中，一个动作一个动作地跟着视频去学、去练，熟记每个动作与队形。那段时间，她晚上躺在床上，脑海里浮现出来的全都是《俏花旦》的身法、步法、神态、动作，这些连绵不断地跃进她的睡梦中。

功夫不负有心人！凭着一股坚韧与毅力，她跟着视频学会了《俏花旦》，而且相当神似。

她又把学习的热情投入教学当中。对这群业余舞蹈爱好者来说，《俏花旦》的难度确实很大，要记的动作和队形又相当多。几节课下来，有人要打退堂鼓了。她鼓励她们："身为狮城旗袍文化协会的一员，我们代表的是大家。我们必须要练就出一种能力，把不可能的变成可能！全身心去学，不断在里面'浸泡'，坚持下去，身法、步法、神态、动作掌握了，时间久了，古典味自然就能出来，韵味也出来了。"

在她的鼓励下，姐妹们都安心、认真刻苦地学下去。有位姐妹，尽管没有安排表演的位置给她，她却认为上不了舞台也没关系，一直坚持跟着大家一起练。一次巡演，因为有位上台表演的姐妹临时有事来不了，她代替那位姐妹上去，最终也有了在《俏花旦》舞台上的一席之位。

黎晚欢一边亲自教《俏花旦》，一边准备着5月12日的"中国梦·旗袍情·感恩母亲"社区旗袍文化秀的排练，几乎是同时进行的。其间，她还带领旗袍姐妹们参加4月29日至5月1日在里水梦里水乡举行的"五一缤纷嘉年华——首届佛山花海欢乐行"旗袍走秀展演。

母亲节当日，狮城旗袍文化协会三百多名旗袍女子齐聚狮山文化广场，身穿旗袍华服，台上台下、圈里圈外，井然有序、忙而不乱、莲步轻盈、姿态优雅，展现出中华女性清雅高洁的独特风韵与气质。华服美颜，以别样风情献礼母亲节。

至此，狮城旗袍文化协会会员人数已近五百人之多，在黎晚欢的引领下，一支坚定、团结、友爱、刻苦、熟练、通过舞台考验的旗袍队伍逐渐成长起来了。

2018年9月20日，狮山文联小塘分会社团"庆中秋·贺国庆"综艺晚会之"水墨韵·旗袍情",狮城旗袍姐妹们分别以团扇舞、羽扇舞、伞舞登台亮相,二十分钟的舞台展演过程中,与一旁作画的画家们同台献艺,意境十分诗意唯美。

古典舞蹈《俏花旦》经过几个月的公益巡演,此时姐妹们的技术已达到炉火纯青的境界。晚会上,只见一个个活泼开朗的"花旦"在台上顾盼生辉,动作神韵浑然天成,赢得会场中热烈而经久不息的掌声,更被狮山文化站推荐至南海区,作为精华节目参加各镇街巡演。

晚会上,成立不到一年时间的狮城旗袍文化协会,受到了领导们的一致肯定和点名表扬。

没有黎晚欢对旗袍姐妹们的深挚感情与大爱精神,没有理事会成员的同心协力、无私奉献,狮城旗袍文化协会是绝不会有如此规模和成绩的。

随着知名度的不断提升,加入协会的人越来越多,不少是从其他镇街村居慕名而来的。由于路途较远,路上交通已经花去不少时间,她们行色匆匆赶来上课,课后又匆忙赶回去,显得十分疲惫;有些更是因为工作原因错过了每周二的培训时间。

黎晚欢把这些情况默默地记在心上。为方便其他镇街村居的旗袍姐妹们训练,经过与理事会商量,决定分别成立桂城分队、平州分队、小塘分队、狮山分队、罗村分队、丹灶分队等。她与理事会成员亲自到各分队进行免费培训。

只要没有公益演出和旗袍文化传播活动,星期六、日或星期一至五的晚上,在各分队的培训场地,都会看到黎晚欢和其他理事会成员热火朝天地开展公益培训活动的身影。她们忘却了疲劳,放弃了个人的休息时间。她们有时是饭碗刚放下就匆忙赶来;有时甚至晚饭也来不及吃,随便吃些干粮。她们心里知道,旗袍姐妹们正热切地期盼着她们到来。她们不为名不为利,她们感到了被姐妹们需要的幸福。她们的脸上永远洋溢着温暖、平和、富于感染力的可亲笑容。她们的到来，为分队的旗袍姐妹们带来了优雅、带来了神韵、带来了精彩、带来了从此不一样的人生……

（三）内外兼修，赴一场旗袍约会

狮城社区学院于 2018 年 4 月 16 日正式开班，设有化妆班、烘焙班、会计班、养生班等。对狮城旗袍文化协会的姐妹们来说，这一系列开在家门口的公益课程是求之不得的，尤其是化妆班。适宜的妆容将使她们更添妩媚迷人的韵致，她们登台表演或走秀时就可以大展身手了。

刚开班，教室里就坐满了人，绝大部分都是狮城旗袍文化协会的姐妹们。她们的会长黎晚欢也坐在其中。

当旗袍姐妹们热情高涨，专注听老师讲解，投入地观摩老师示范之际，黎晚欢的思绪却越过教室，飘落到狮山文化广场的一次彩排预演中。

那次的道具用的是油纸伞。彩排完毕，有人放在一旁的油纸伞却不见了。第二天就要正式登台表演，她拿着麦克风向参加彩排的一百多位旗袍姐妹问了很多遍："谁拿错别人伞的，请放回原处。"却始终没人把伞交出来。

她深有感触地陷入沉思当中，这些旗袍姐妹们来自不同行业、不同阶层，学识素养更是千差万别。通过这件小事，人性中贪小便宜的弱点不自觉地显露出来。尽管是个别问题，但却反映出个人素质的问题。化了妆的旗袍姐妹是更显娇美了，但那只不过是停留于外表的美，她们更需要化的是心灵的妆、"灵魂"的妆！唯有把内在素质修养、修炼好，把素质提升起来，她们的美才能真正由内而外地散发出光芒。

亮丽的外表有了内在素养的支撑，散发出来的魅力才会历久弥新！

如何才能让旗袍姐妹们内外兼修呢？一种迫切的使命感在她心中油然而生。

下课后，其他人陆续离开教室，黎晚欢却留了下来。她找到狮城社区学院的负责人即狮山成人学校的校长黄秋云，诚挚地向她表达了自己的想法。

共同的人生观、价值观和抱负使两人一见如故、开怀畅谈，两人很快便达成共识，决定开展"旗袍文化大讲堂"社区特色培训项目。

经过两个多月与各方的商议及紧张筹备，旨在传承和发扬中国传统文化，让旗袍走进社区、走进千家万户，普及旗袍历史文化知识，提升旗袍女子的修养和内涵，南海开放大学、狮山成人学校和狮城旗袍文化协会共同为南海区旗袍爱好者搭建了一个专业、规范的培训平台——社区教育文化大讲堂之旗袍专场，终于在炎炎夏日中火热登场。

报名参加培训的旗袍姐妹们络绎不绝。7月13日，"旗袍文化大讲堂"第一期公益培训班在南海开放大学小礼堂如期举行。

授课老师除黎晚欢会长和黄秋云校长外，还邀请到社会上有一定知名度的老师来讲课。

刚开始上课，课堂如飞进一群麻雀，嘈杂声一片。黎晚欢在教坛上讲，学员们在下面交头接耳地交谈、议论。她面带微笑地循循善诱："假如你们的孩子在学校上课的时候，老师在上面讲，他们在下面吵，你们心里是什么感受呢？"

柔声细语的一句话，变作绕指柔，把一片嘈杂轻轻地"化"了下去。多么有智慧啊！

培训内容包括旗袍走秀的"行""转""动""定"动静相宜的学习，撑伞、侧伞、吊伞的学习，同时还对旗袍坐姿、站姿、走姿进行演习和考核，学习旗袍历史文化知识，以及教她们如何做一个"真""善""美""慈""孝""贤"，具有"奉献""和谐""共赢"精神的旗袍女子。

这些充满正能量的美好字眼,通过老师们深入浅出的延伸阐述,春风化雨般逐渐浸润到学员们的心中。

在黎晚欢老师的严格要求下,学员们刻苦练习基本功。有位学员笑称:"我平时很少穿高跟鞋,现在一穿就要大半天,脚都起泡了。为了美丽优雅地学到东西,我能挺得住。"

为方便来自南海各镇街的旗袍姐妹们,"旗袍文化大讲堂"分开桂城、罗村和狮山三个教学点进行培训。

每逢周二、周六的晚上,罗村班的姐妹们穿上旗袍,集中在孝德湖附近进行练习。黎晚欢不辞劳苦,经常晚饭还来不及吃,便带领着指导老师团队,匆匆从家里赶过去指导。

在这段时期,她的儿媳生了女儿,正是坐月子期间,她却不能时常陪伴在儿媳身边,照料儿媳和孩子,她心里不禁生出几分愧疚。儿媳体恤地对她说:"妈,旗袍姐妹们比我更需要你,你放心去吧,我会照顾好自己和孩子的。"有了儿媳这句充满理解和支持的话,她终于放下心来,以更大的热情投入培训当中。

夜幕低垂,月影婆娑,一百多位旗袍姐妹婀娜多姿的身影随着悠扬乐韵在风中摇曳,把月色与灯影辉映下的孝德湖点缀得分外灵动迷人。

···········

2018年8月22日,三百名旗袍学员参加了"旗袍文化大讲堂"的汇报展演,有美轮美奂的旗袍团扇舞《桃红渡》和旗袍折扇舞《江南情》,有布景精美的旗袍伞舞《江南水乡》和《水乡新娘》,还有动感十足的旗袍伦巴舞《无论如何》等十三个节目,精彩纷呈、好戏连台。这些旗袍丽人们在繁花似锦的夏日绚丽地绽放了……

"旗袍文化大讲堂"惠及南海区广大妇女群体,在暑期短短一个多月时间内，培训量达到一千人次以上。

经过"旗袍文化大讲堂"洗礼的旗袍姐妹们，悄然发生着由内至外的变化。她们外在优雅迷人，内在柔软丰盈。

她们中的一些人，尽管物质生活丰富，精神世界却相当贫乏，内心一片荒芜，形于内而发于外，表现在脸上的便是毫无生气的表情甚至是愁眉苦脸。她们以前是"不会"笑的。自从参加了"旗袍文化大讲堂"，人们发现她们"会"笑了——绽放出来的是灿烂的笑容。

以前凡事斤斤计较的姐妹，如今变得宽厚待人，家庭比以前温馨和睦了，邻里之间变得和谐了，待人接物更显亲切友善了，连说话也变得柔声细语了。她们把黎晚欢的话牢记在心里："我们穿着旗袍，代表的是一种国粹、一种文化。我们要具备中华女子的传统美德，无论发生什么事都不能失了仪态；无论碰到什么情况，首先考虑的是要符合中华美德的标准。"

"旗袍文化大讲堂"的讲师们以旗袍为载体，把"真""善""美""慈""孝""贤"寓于其中，赋予其深入人心的精神内核，并要求旗袍姐妹们浸透到日常生活当中，大大提高了她们的生活内容，提升了她们的生活质量，也加强了她们的个人修养。在仪表、举止、谈吐、思维和行为习惯上自觉内化成一种准则，从而使她们逐渐走向一个更加丰盛完美的人生。

家人、朋友、邻里看到发生在她们身上的变化，简直不可思议，开始用一个新的角度甚至高度去看待她们。

她们当中有部分已是五六十岁的人了，由于年幼时家境贫困，所受到的教育并不多。"旗袍文化大讲堂"的考核要求是，只要学员出勤率达到80%或以上，就有考核机会。考核合格的学员，由南海开放大学、狮山成人学校和狮城旗袍文化协会共同颁发结业证书。

拿到结业证书的那一刻，也就圆了她们的"大学梦"，使她们在不同岗位、不同年龄、不同学历层次上实现终身学习、受益终身的目标。

2018年11月4日，在佛山全民终身学习周启动仪式上，狮城旗袍文化协会会长黎晚欢和执行会长李秋枝同时站在领奖台上。年逾七旬的李秋枝被评为"佛山市百姓学习之星"，为旗袍姐妹们奉献出丰富精神文化盛宴的"旗袍文化大讲堂"则被评为"佛山市终身学习品牌项目"。

拿着奖牌的黎晚欢不禁热泪盈眶。这个奖牌，不知凝聚了她和大讲堂的老师们多少的心血，这是对她们的辛勤付出和默默耕耘的高度认可和肯定。

黎晚欢用纯粹的初心，走上传承和弘扬中华民族传统文化的道路，借助旗袍让姐妹们修炼气质、提升生活品质，唤醒更多热爱生活的女性，让她们内外兼修，让旗袍女子们华丽转身，变成具有中华民族传统美德且优雅自信的旗袍丽人……

生活的旋律

（一）

禅城区万科城外的沿江路，河水缓缓、绿树婆娑，是人们晚饭后散步的好去处。

夕阳刚"落入"江水，摆摊的人们便匆匆而至，来迟就占不到好"地头"了。卖衣服的、卖鞋子的、卖护肤品的、卖烧烤的、卖冰棍和饮料的、卖水果的、卖小吃的、卖家具的、卖头盔的、卖玩具的、卖保险的应有尽有！有支起架子的，有放在小汽车后备厢的，有摆在地上的……各出奇招！

汇聚成一条商品的河流，充满着生活的气息，那是人间烟火气！

日暮收拢，沿江路灯火闪烁，更添流光溢彩的繁荣景象。

晚饭后，人们纷纷走到沿江路上……

水流、灯流、人流、商品流相互交融，在夜幕下的沿江路显得那样和谐。人们情不自禁地驻足在一个摊档前，一辆三轮车上放置着两个不锈钢桶，桶盖上分别写着"凉粉""绿豆沙"，车上还放着饮料和土特产。

车架上贴着一张卡纸，"音乐糖水"四个字特别引人注目。

有位青年人坐在摊档后的小板凳上，正忘我地弹着手中的吉他。他戴着一顶鸭舌帽，身穿白色 T 恤、深绿裤子，很有文艺范。他就是"音乐糖水"的老板。

他身后有一个小广场，有人在跳舞、轮滑。从小广场拾级而上就是一个小平台，青年人就坐在小平台上，正沉浸在吉他的旋律中。旁边有个支架，放着麦克风，已经有人自告奋勇在吉他的伴奏声中唱起了歌。

优美的旋律、动听的歌曲，让"音乐糖水"摊档前会聚的人越来越多。

这里的生意似乎不错。有人自己动手舀了一碗绿豆沙，扫码付款后，就站在路边一边喝糖水，一边欣赏音乐，看样子是常客了。

有人要买饮料、买特产，都自有人帮忙关照。大家似乎都不希望青年人因为做生意而搁置手中的吉他，哪怕只是一小会儿。

事实上，青年人的心思似乎不在"糖水"处，而在"音乐"里。

他端坐在小板凳上，微闭着双眼，左手在弦上上下移动，右手有节奏地拨弄着琴弦，优美的旋律流水般汩汩而来。

他身后是隔了一条河的龙湾大桥，桥上变幻闪烁的灯饰像一幅灯幕筑成的背景，与水中的倒影相映生辉。四周的花儿在初夏的夜色中散发着香味，把沿江路的夜空氤氲得一片芬芳。

这里就是他的舞台！

他娴熟地弹着吉他，美妙、动听。吉他声时而低沉、时而奔放、时而忧伤、时而欢快……音乐是有情感的！

人们似乎都不愿意离去，附近摊档的人也聚拢过来了。

在这里，他们的心灵得到了放松。音乐声如一股清泉，缓缓流进心田，滋养心灵。

青年人身旁放着一本歌本，只要愿意，谁都可以去唱。他可以用吉他为对方伴奏，而且分文不收。

有位妈妈几乎每天晚饭后都带着女儿来到这里，小女孩五六岁的样子，对唱歌流露出非常渴望的样子。妈妈鼓励她上去唱时，她却退缩了。女孩的举动被青年人留意到，他取下麦克风，走到她身边，蹲下来微笑着说："叔叔看得出你很喜欢唱歌，来吧！你会唱什么歌？叔叔为你伴奏。"

小女孩怯怯地接过麦克风，在优美的吉他旋律中唱起了童谣。歌声飘起，婉转动听。人群中掌声四起。

他用文艺的方式，鼓舞着一个孩子的自信心！

人群中有一对情侣，不知什么原因，女的把脸拉下来，男的一个劲儿赔不是，小心翼翼的样子。无论他怎么努力，女的都没有原谅他的意思。看得出，男的很着急。忽然，男的急中生智，走到麦克风前，深情地对女的说："一首歌一个故事。下面这首歌是我特意为你而唱，听完这首歌，希望能得到你的原谅吧。"

男的用情地唱起歌，青年人拿起吉他为他伴奏。歌声中，笑容终于绽放在女孩脸上。

他用文艺的方式，帮助一对情侣和好如初！

有人跟他建议："你让别人唱歌，又为他们伴奏，是可以收费的，这不就可以增加收入了吗？"

他笑了笑，说："不必了！通过艺术得到应得的就可以了。"

多么质朴的人啊！他已经几个月没有收入了，但他仍然坚持把音乐艺术免费奉献给人们。

爱出者爱返！

沿江路上卖糖水的不止他一档，他的生意却是最好的。

他不必像其他人那样吆喝着买卖，吉他的旋律已经为他"吆喝"了；他甚至不必照料他的"生意"，那些来欣赏音乐的人自然而然地为他照料。他只需每天傍晚把糖水煮好，骑着三轮车来到这里，在夕阳的余晖中弹起优美的旋律，等待着人们到来。

人们免费欣赏音乐的同时，往往会买上一碗糖水或一瓶饮料，离开时又买些他从家乡带来的土特产。

当一个人用一颗纯粹之心去对待周围的人，那份爱最终会回流到自己身上的！

虽然生活给他带来一些困难，但"明亮"是他生活的主旋律！

（二）

青年人叫徐支彬，来自广西钦州灵山县一个小山村。2003年读高中的时候，当他在同学家里，第一次听到吉他的六根弦传出来的声音是那样清脆、动听，觉得自己那颗心好像撞击着胸腔。啊！太美妙了，他心向往之！

可是家里并没有多余的钱让他买吉他、学吉他。聪明的他用硬纸片画下吉他的模型，然后拼装起来，标记该有的音符，又买回 6 根铜丝一条一条的系上当作琴弦。

自制吉他完成了，他欣喜若狂，他终于拥有了人生第一把"吉他"，虽然它并不完美。

他拿着"吉他"向同学请教，省吃俭用买回一本本教材，研究怎样弹。

自从有了"吉他"，一放学他就第一时间冲到宿舍。为了练好吉他，他忘却了时间，往往是最后一个到饭堂打饭，有几次还差点没吃上饭；晚自习回宿舍，同学们很快就进入梦乡，他又躲到厕所里练吉他……

他对吉他的热爱已经到了痴迷的程度。

暑假，他带上心爱的"吉他"来到父母身边，双亲在佛山以收废品为生。慈爱的父亲看他对吉他如此着迷，咬紧牙关，从并不富足的生活费中拿出七百多块，带他去买了一把木吉他。

滴水之恩当涌泉相报啊！父母的养育之恩还没报答，还要他们用血汗钱来支撑自己的兴趣爱好，他心里既感动又难过。

自从有了木吉他，他更加废寝忘食地刻苦钻研学习，水平有了很大的提升，甚至已经超越了当初教他的那位同学，反过来可以当那位同学的老师了。

他在学校崭露头角。音乐课上，老师让他上讲台弹给全班同学听；学校有大型节目，他被邀请上台弹奏吉他，获得师生们热烈的掌声和喝彩声。

此刻，他生活的旋律是奔放的、鲜活的、灵动的。

可是，他弹吉他太入迷，影响了学业，没有参加高考。

班主任曾语重心长地对他说："如果学习跟弹吉他一样勤奋，你的学习成绩肯定是名列前茅的。"

慈爱的双亲并没有责备他，父亲还安慰他说："读书并不是唯一的出路，只要肯去拼，生活总会有盼头的。"

他的第一份工作是在制罐厂，工厂不景气，没做多久他就离开了；第二份工作是到印刷厂当学徒，下班后去学开车。

无论工作多苦多累，只要下班后拿起吉他，悠扬的旋律荡漾在那间简陋的宿舍，他的思绪就会越过墙壁，飘向远方，生活上所有的困苦都忘却了。

后来，父亲生病动手术，但他却不想放弃干了十多年的收废品的行业。为了让父亲安心做手术，他把父亲的老本行接了过来。

当时，双亲已经用辛劳所得买回一辆货车。白天，他开着货车到各间印刷厂收废纸，把一捆捆七八十斤重的废纸过秤后，吃力地搬上车；到了收购站又一捆捆搬下来。一天下来，他已经累得不想动了。

无论多累多苦，只要回到家看到墙壁上挂的吉他，他就感觉有了力量的源泉。

音乐就是他的精神家园！

当初跟他一起学吉他的朋友，为了生活、为了学业，很多都已经放弃，坚持最久的就是他了。

他说，如果不是这把吉他，他可能会放弃为父母收购废品这一行。

不必说冒着夏天的酷热、冬天的寒风，单是把那一捆捆七八十斤重的废纸搬上车，对一位肩膀还不算厚实的年轻人来说，干一两个月或许还可以，可他一干就坚持了六年。

他曾经写了一首诗描述自己的内心：

如果远方等不到你要摘的色彩/你就要留恋你身体的走向/先给我一个平凡的时间去凝聚我/那无色的想法/在凌黑空灵空间等我/我也不会忘记你那多彩还有多姿/记得沉睡不要愁梦/再次推醒我已是那七彩的梦

（三）

他说："音乐是一种语言，用音乐来表达感情，听着听着有时就会流泪。"

他一共有七把吉他，在他眼里，吉他是有生命的；每一把吉他都有自己的故事，也可以通过吉他来讲故事。

"人类的感情可以用语言来表达，吉他是通过音符、旋律来弹故事。这些故事可以是动人的、开心的，还可以是伤感的、惆怅的……"他说。

每当忆起去世的奶奶，他往往压抑不住自己的感情，泪眼婆娑中用音乐的形式怀念她。

双亲在他很小的时候就到外面打拼，他跟着奶奶一起生活，奶奶是他心灵和精神上的依靠。

他初中住校，周末回家，然后带米带菜回校。父母把他一学期的学杂费、生活费给了奶奶，嘱咐奶奶每星期给他七元钱生活费。奶奶平时省吃俭用，可是每次给他钱的时候，都会问他够不够花，然后又多给他三块。十块钱对他来说是太多了，他感觉自己很幸福。

后来奶奶病得很重，已经瘦得很厉害。他周末放学回家，进去望了奶奶一眼，因为心里害怕，很快又出来了，没多久奶奶就去世了。

"珍惜眼前，当一转眼失去时，就只能用眼泪去'倒映'它的片段了！"他用文字记录着他的悲痛。

他曾经为奶奶写过一首歌，每当思念奶奶，他就会拿起吉他，用音乐的旋律缅怀她，寄托着对她的思念及"子欲养而亲不待"的哀伤……

（四）

后来，他有了自己的家庭，父亲也康复了。他把收废品的工作交还给父亲，希望闯出一番属于自己的事业。

音乐已成为他生命的一部分，他不想脱离音乐。刚好有一家培训机构的老板发现了他的音乐才能，邀请他去教吉他。

他的教学与众不同。他不按教材教，而是总结出一套独特的教学方法，从姿势、弹奏、指法、识谱、技巧、调音等方面去抓学生的基本功。

"把握稳，先稳而后快。"这是他教学的一个特点。凡是他教出来的学生，一看就知道基本功特别扎实。

他说："学吉他就像学功夫一样，马步要稳扎。基本功打牢固，才能在音乐的艺术道路上一步一个台阶地往上攀登。"

做人也是一样，要脚踏实地，走稳后才能走得快！

他用自己的亲身经历去引导学生，是最有说服力的。

有一位读初中的学生，沉迷网络游戏，学习成绩差，是老师、家长眼里的"问题少年"。父母实在没办法，课余把他送来学吉他。开始时他内心很抗拒，徐支彬耐心地跟他讲自己的人生经历，慢慢引导他打开心扉，又引导、激发他学习吉他的兴趣。随着时间的推移，他学习吉他的兴趣越来越浓厚，把以前上网的时间都用来弹吉他，而且进步很大。徐支彬又引导学生将学吉他的态度用到学习上。学生已经跟他建立了信任并且听他的话，开始勤奋学习，成绩得到很大的提升。

他用自己一份真诚的爱心引导一个孩子，也挽救了一个家庭。

他的学生，有一些是成年人。他们小时候对音乐艺术就很向往，但那时家里的经济条件并不允许。如今有了自己的事业，就可以圆儿时的梦，跟着他学吉他。

他一边教一边学，不断地提升自己的水平，学无止境！他需要突破自己。

他自学的同时，不断地向身边一些音乐专业的大学生请教，把学到的东西总结后变成自己的东西。

集百家所长，为己所用，然后传授经验。他从事着自己喜欢的工作，有着自己的追求。

这时候，他生活的旋律是积极的、向上的……

（五）

除了吉他，他还自学了尤克里里、架子鼓，有几家培训机构邀请他去教学，都被他拒绝了。他觉得要经验充足才能去教，不能为了金钱而改变自己的初心。

干一行、爱一行、专一行！

那是缘于十五年来对音乐艺术的尊重、热爱和执着。

他有一个梦想：把自己所学到的有关音乐的知识总结出来，做一个传播和教授音乐艺术的人。

在他的微信签名上，有这样一句话：曾梦想仗剑天涯，看一看世界的繁华！

他向往着音乐所带来的快乐！想背上他心爱的吉他，到世界各个城市看看那里的繁华，用吉他诉说那里的故事，弹奏出激昂的生活旋律……

助力微梦，践志愿精神

（一）山区助学

初春三月，春寒料峭，却抵挡不了佛山市爱助会"微梦服务队"到连南助学扶贫的热情。

最是月寒星冷黎明前，"微梦服务队"志愿者一行三十人在队长关远照的带领下，早上五点多便集合出发。

十点半，志愿者们到达连南涡水镇，按事先分配好的任务，兵分三路，由三位领队带领志愿者走访受助学生。

一位读小学三年级的女孩，由于缺乏母亲照顾，对很多生活细节都不懂该如何应对处理。志愿者除了给她慰问品，按当地生活标准，给她发放每学期一千元的学习生活费外，还耐心细致地给她生活上的引导。一些女志愿者还亲切地拥抱她，她幼小的心灵感受到母爱般的温暖，她的眼眶里盈满幸福的泪花。

志愿者还走访了一个就读于涡水镇中心小学六年级的女孩，她的学习成绩在班上总是名列前茅，志愿者把佛山的孩子们的学业水平告诉她，让她懂得"一山还有一山高"的道理，勉励她奋发图强。他们在她心里播下理想的种子，让她找到奋发向上的动力，腼腆的女孩脸上露出坚毅的神情。

还有一个读三年级的男孩，由于家庭的变故，只能由没有收入来源的奶奶独自抚养，亲戚朋友在生活上帮忙照顾。幸运的是，生活的磨难并没有让男孩消沉下去。他性格活泼纯真，学习成绩不错。志愿者们一边了解他的情况，一边教导他要有一颗感恩之心，感谢身边那些帮助关心他成长的好心人……

由于受助学生住的地方比较分散，为了节省时间，志愿者午饭都来不及吃，只用干粮充饥。完成走访任务时已接近晚上七点，很多志愿者第二天还要上班，便连夜驱车赶回佛山，结束历时近十九个小时的公益活动。这些志愿者们累并快乐着，他们为山区的孩子送去温暖、关爱和希望。

小小的举动或许就能改变这些孩子一生的命运！

这次山区助学活动共走访学生十一人，实际资助八人。每个受助孩子都经过初审、复审，志愿者经过走访受助孩子的老师、所在村委、邻居等调查核实其真实情况，了解其父母的收入、孩子的学业及思想品德等情况，然后建立档案，确保做到精准扶贫。

（二）"微梦服务队"微梦行动

"微梦服务队"是爱助会 2013 年启动的公益项目，它的成立源于队长关远照的一份初心：走访并收集困难学子的小心愿，然后组织社会力量帮助他们实现小梦想、小心愿；鼓励困难学子积极向上，引导他们树立正确的人生目标。

学生时代，助人为乐已经成为他生活的一种常态。

从初中开始，每逢节假日，村中的五保户、孤寡老人家里总会出现他帮忙搞清洁卫生、搬东西的身影。上大学后，他看到学校有专门到社区开展敬老活动、免费上门帮老人家维修家电的青年志愿协会，便毅然加入，与大家一起到社区帮助老人。

到社区当志愿者期间，他了解到许多单亲家庭、困难家庭的孩子也是很需要帮助的。他希望能够帮助这些孩子走出困境，便与一些热心公益的同学商量，成立"爱心社"。通过联系社区居委会主任，让其提供一些需要帮助的单亲家庭、困难家庭名单，"爱心社"志愿者利用周六、日免费上门辅导这些孩子的功课，并引导他们不要因为家庭方面的原因而放弃自己对学业、对人生的追求。寒暑假，还组织这些同学去南风古灶、祖庙、科学馆、图书馆，鼓励他们从家里走出来，开阔视野，增长见识。

见到别人有困难，他总希望能帮一把！

这是关远照内心真实的写照，在求学阶段已经充分体现出来，成为他对人生的一种态度。

如果说，"助人为乐"这颗种子在他求学阶段就开始在他的心里生根发芽，到他毕业参加工作，这颗种子已经长成一棵大树，它需要更广阔的天地，长成一棵真正的参天大树。

他加入了爱助会，还创建了"微梦服务队"，用一颗纯粹、无私奉献的心，集社会热心人士的力量，帮助困难家庭实现心中的小梦想、小心愿。

他不辞劳苦地在公益路上常年奔走，不但自己热情投入公益事业当中，还用行动感染着身边的人，带动许多志同道合的人参与到公益行列中来。

三年来，在他的引领下，"微梦服务队"开展的公益活动数不胜数：每年春节前的"微梦行动"；开展"关爱老人"志愿服务活动；走访慰问困难家庭并送去米、油等慰问品；元宵节在通济桥举行爱心义卖和进行"微梦服务队"公益活动展示；每年母亲节开展鲜花义卖，用所筹善款慰问困难单亲母亲家庭；东方广场永旺商场黄色小票的收集活动，带着用黄色小票筹集的物资走访山区小朋友；多次到连南助学，到清远乐云镇鱼坝学校慰问走访山区贫困家庭；普君新城广场"六一"儿童节亲子涂画活动，传递祝福山区小朋友儿童节快乐的心声；为患有先天性眼盲疾病并确诊为白血病的病患进行募集捐款；为患病的一位同学爱心义卖筹款，并把两万多元爱心善款送到他的家人手上；每年中秋节前夕，开展到山区和佛山困难家庭送月饼慰问活动；组织开展困难家庭去绿岛湖、参观南海博物馆、南国桃园烧烤等亲子活动；关爱留守儿童公益义卖活动和公益微电影《一寸阳光》活动；携手东方红幼儿园扶贫助学，放飞梦想义卖活动……

哪里有需要，哪里就会出现"微梦服务队"义工们的身影！他们像一缕缕阳光，在队长关远照的引领下，为救助对象送去关心和温暖，把光和热送到需要的每一处。

义工们不辞辛苦、齐心协力，相互支持鼓励，他们的善举受到各界人士的褒奖，在社会上具有广泛的影响力，更成为爱助会在公益路上一支强大的服务队。

他们默默奉献爱心的同时，也实现了自己人生价值的升华！

在"微梦服务队"，有部分在校大学生利用周末和节假日来做义工，参加公益活动的过程中，他们的能力不知不觉得到了锻炼和提升。

他们中大部分是独生子女，从小在家里就得到父母、长辈们的宠爱。成为志愿者后，他们自身也发生很大的转变，懂得关心、体贴家里人了。

作为队长的关远照，把这一切看在眼里，又默默地记在心里。他想，这些大学生毕业后参加工作，将会逐渐成为各行各业的中坚力量，以自身的影响力更好地在工作岗位上传播社会正能量，弘扬新时代乐于奉献、乐于助人的精神。如果能够组建一支以大学生为主的服务队，不是更好吗？

萌生想法后，他开始付之于行动，与几位平时特别热心公益的在校大学生沟通商量，得到他们的响应和支持后，便向爱助会申请，成立一支新的服务队——爱助会大学生联合服务队，简称"学生队"。

把"微梦服务队"的爱心接力棒移交给新任队长后，他担负起新的任务，在公益路上踏上新的征程。

（三）"学生队"助力贫困学子

组建"学生队"的过程中，却遇到了许多料想不到的困难。

刚创队时，他与仅有的五名学生干部开展公益活动。他们毕竟还是学生，以学业为重，公益与学业有时难以兼顾；处于青春年华，处于恋爱季节的他们，有时因为参加公益活动而冷落了男（女）朋友。个别学生干部萌生了退出"学生队"的念头。本来仅有五人的队伍，策划活动、筹备资源、找助学点、找困难低保家庭、招募学生志愿者、一对一家庭关心、建立档案等都需要大量的志愿者，人手严重不足。有些人参加了一两次就退出了。

在"微梦服务队"时，发动社会人士募集资金是由参加工作的社会人士担任干部。他们有一定的阅历、人脉、见识、资源，筹集资金相对容易。如今的"学生队"都是由学生担任干部，他们接触社会少，经验不足，对活动所需资金的用度没有十分准确的把握，对于以学业为重的在校大学生，只能利用业余时间外出跑资源，资金的筹集问题比较困难。

巨大的工作量，面临的困难，加上业余时间的平衡问题，致使部分学生干部离开了"学生队"，使人手本来就严重不足的队伍，开展工作更加举步维艰了。

尽管有了创建"爱心社"和"微梦服务队"的经验，组建"学生队"所面临的重重困难，还是让关远照始料不及，他感受到从未有过的迷茫。

面对人员和资金严重不足的局面，公益活动将如何展开呢？

"学生队"能否坚持走下去呢？自己是否应该就此放弃，重回"微梦服务队"呢？

放弃？重回"微梦服务队"？

自己怎么会产生这样的想法呢？

他的内心出现了另一个声音，仿佛一声惊雷，惊醒了他。

不行！"学生队"哪怕只剩下我一个干部，也要坚持走下去！

有了坚定的决心，仿佛注入一股强大的精神力量，他更加忘我地投入到公益事业中。

他坚持不懈、不惧艰难的精神力量深深感染了留下来的几名学生干部，在他的带动下，他们也全心全意地投入到公益活动当中。

有一名离开"学生队"的学生干部，他几次发信息给对方都没回复，后来对方又要求重新回到"学生队"。他欣然接纳了对方，而且委以重任。虽然是一件小事，却可以从中看出他宽广的胸怀。

他勉励"学生队"干部说："虽然我们面临许多困难，但我们也有我们的优势。我们年轻，有朝气，学习适应能力强。创队以来，我们投入了三个月的时间和精力，如果就此放弃会很可惜。'学生队'是佛山爱助会唯一一支全部由学生组成的队伍。我们在为他人奉献的过程中，从中锻炼自己，磨炼自己的意志和毅力，让自己拥有一段有意义、有价值的大学课余生活，也为将来踏入社会累积经验、阅历和能力。"

奉献社会、奉献他人的同时，自己的能力也得到了很好的锻炼和提升。这是一笔难能可贵的人生财富啊！

心系他人，人生便有了高度和宽度！

他还给他们分享了自己读大学期间创立"爱心社"，利用节假日上门为单亲家庭、困难家庭的孩子免费义教的经历，以及自己的切身感受。

一番润物细无声的话，深深鼓舞着学生干部们的心，他们的情绪和积极性被调动起来了。

与此同时，他在学生干部们中的形象和威信也树立起来了，开展工作就顺利多了。他们都亲切地称他为"小远队长"。

节假日，当其他同学沉浸在假日的欢娱中，学生干部们分工合作、同心协力地全情投入活动的策划、资源筹备、找助学点、找困难低保家庭、招募学生志愿者、一对一家庭关心、建立档案等活动当中……他们找到了人生定位，找到了自己的价值。

八月盛夏的一天，骄阳似火，酷热难耐。"小远队长"带领志愿者，对两户贫困学生家庭进行走访慰问。他们在东方广场集合，一起选购走访所需生活物品和学习用品。

珊珊是一名准初三学生，乖巧懂事，成绩在年级名列前茅。她的父母都退休了，低保金是生活的主要经济来源。在交流中，志愿者们结合自己初中时的学习、生活经验，给予珊珊一些建议，希望能给她带来一些帮助。

琪琪和诗诗的父母都是聋哑人。姐妹俩学习认真、十分懂事。志愿者针对每个科目给她们一些建议，希望这些学习方法能帮到两人。

学生志愿者们除了把走访物资送给贫困学生家庭，还对这些孩子进行学习、生活的交流指导，切切实实地给他们提供帮助，在他们成长的路上，适时地给予指引。

对于这些贫困学生，"学生队"一直都做着跟进工作。

有一名叫小悦的女孩，读小学四年级时，父母在一次意外中不幸去世，留下她和奶奶相依为命。奶奶已经六十多岁了，在一家商场做清洁工攒生活费。小悦很懂事，帮奶奶做一些力所能及的家务，也很关心奶奶。自从父母离世后，小悦变得越来越内向，不愿与人交往沟通。

"小远队长"在"微梦服务队"时，便经常与其他志愿者到她家走访慰问，关心她的生活，辅导她学习，不断与她谈心，希望能打开她封闭起来的幼小心灵，让她从不幸中走出来。

他觉得，对于小悦的际遇，心灵上的关怀远比物质上的援助更显得迫切和重要。

志愿者们的到来，使那间租来的十多平方米的出租屋显得相当拥挤。没什么家具陈设的屋虽小，但被收拾得十分干净整洁。

刚开始时，无论"小远队长"如何努力尝试与她沟通谈话，她总是默默低头不语。她的心仿佛这间小小的出租屋一样，别人再也挤不进去了。当奶奶说起小悦在家总帮忙做家务，家里就是她收拾的，"小远队长"立刻把话题引到这方面，他称赞小悦懂事，会关心奶奶，家务做得很好。虽然她还是不吭声，却把头抬了起来，脸上明显流露出一种被别人肯定的喜悦之色。

"小远队长"从奶奶口中得知，小悦喜欢看课外书籍。他把这件事记在心里，下次再到小月家走访时，为她买来名人传记等课外书，希望她能从这些名人身上汲取力量，坚强起来，打开心扉，积极乐观地面对生活。

通过多次走访，大学生志愿者对小悦的了解越来越多，随着时间的推移，她对志愿者们也产生了信任，心扉也在慢慢打开。

"小远队长"对志愿者们说："也许是挫折让小悦变得坚强，比同龄人更懂事，她才把悲伤留在内心，不想让奶奶担心自己。我觉得她还没有完全从不幸中走出来，我们应该给予她更多的帮助和关心，让她从阴影中慢慢走出来，乐观积极地面对生活。"

除了学习和生活用品，"小远队长"还建议大家用心地给每一位走访的贫困家庭学生送上一份心灵寄语和祝福，希望能够让他们看到生活的曙光，重塑生活的信心。

通过公益走访活动，大学生志愿者们看到了这些贫困家庭的窘迫、日子的艰难，深有感触地体会到：对他们的帮助需要坚持不懈地努力，要不言放弃，更需要迸发出自己的爱心和力量！

为了让他们能够从狭小的生活圈子走出去，增加接触、了解社会的机会，"小远队长"与"学生队"干部群策群力，组织贫困学生参加户外公益活动。

2017年10月2日中秋节来临之际，为了让贫困学生更好地了解佛山当地的传统文化，并且过一个有意义的国庆假期，"学生队"组织禅城区困难学生与志愿者同游佛山梁园和岭南新天地，并为他们送上中秋月饼和学习用品。

在极具南方园林特色的梁园，走在曲径通幽的园林里，学生们对这些历经历史沧桑的园景充满好奇；在位于商业圈中心的岭南新天地，现代气息和文艺复古气息的完美糅合，更令同学们大开眼界。

给他们单调的生活注入色彩，让他们用"心灵的眼睛"去看看世界，发现生活的美好，这就是"学生队"志愿者们的心愿！

为了让困难家庭的孩子们打开心结，参与到社会活动中，2017年12月10日，在"学生队"志愿者们的陪伴下，他们走进佛山科学馆，进行科学游戏体验，边玩边学习。志愿者们一边指引他们游戏，一边给他们讲解游戏里的科学知识。

这次科学馆的参观体验活动，不但激发了孩子们对科学的渴望和热情，增长了他们的知识，更让他们感受到生活的快乐与美好。

（四）阳光假日，快乐同行

随着暑假的到来，"学生队"携手莺岗社区举办为期两天的"阳光假日，快乐同行"公益课堂活动。在"小远队长"的带领下，"学生队"干部们提前几天，冒着烈日到活动场地进行踩点，进一步商讨活动细节，并布置活动场地。活动环节主要有游览古建筑、科普故事分享会、安全教育讲座、手工制作和船模制作五部分。

为期两天的公益课堂活动，给小朋友的暑假生活带来了快乐和成长，为他们的童年留下了美好的回忆。

2017年7月30日，"学生队"举办了"小脚板，走佛山"青少年公益活动，组织困难家庭和单亲家庭参观游览祖庙、南风古灶、佛山科学馆，让青少年感受佛山传统文化，领略岭南文化之美。

为了这次公益活动的顺利进行，"小远队长"与"学生队"干部们一起，在炎炎烈日下进行了路线的踩点。从这件小事上，又一次可以看出他做事的细心认真与考虑问题的周到。

一滴水里看世界，于细微处见精神！

活动中，学生志愿者与困难家庭、单亲家庭一起游览祖庙后，又来到南风古灶、佛山科学馆参观学习。一路上，"小远队长"与大家有说有笑的同时，还不忘向他们介绍景点、文化古迹等。他孩童般纯真的笑容和博学的知识深深地感染着大家，让他们度过了一个既有意义又难忘的暑假。以前的寒暑假，出于家庭贫困的原因，他们并没有多余的钱去旅游。这次公益活动既让他们增长了见识，又增进了亲子感情，更给他们提供了参与社会实践的机会，让他们走进佛山的大街小巷、风景名胜，感受佛山的本土文化，让他们更了解佛山，让家乡情怀根植于他们的心中。

"小脚板，走佛山"体验式教育项目是爱助会2010年开始实施的公益项目，包括走文化道路、行历史殿堂、游科学海洋、进山区助学、访身边好人、逛大街小巷、践志愿精神、上体验课程等，通过不同主题的教育内容，推进学生素质教育，提高他们的文化素养。

（五）情暖老人心

尊老爱幼是中华民族的传统美德。

许多孤寡老人、困难独居老人、疾病缠身的老人，他们无奈地看着时间在所剩无多的日子里一天天流逝，他们贫困、孤独、寂寞。他们年轻时曾经奉献社会、造福后代，为家庭、为孩子默默地付出。在他们身上，承载着社会进步的力量，他们现在老了，年纪大了，需要社会的关心，家庭的温暖。

关远照认为年轻人对家庭、对老人等的道德观念的重视程度需要提高，当代大学生思想道德建设也需要进一步加强。针对这些情况，作为佛山市爱助会"学生队"队长的他，策划了一系列走访慰问孤寡老人、困难独居老人、敬老院老人等公益慈善活动。

中秋节来临之际，他带领"学生队"志愿者共计三十多人，到困难独居老人、残疾人家庭走访慰问。

一位与儿子一起居住的残疾老人，背已经很驼了，行动非常不便。志愿者到的时候，她正独自一人坐在门口自言自语，脸上充满落寞孤独的神情。志愿者的到来，让她饱经沧桑的脸上露出久违的笑容，她想表达满心的谢意，却又不知道说什么，一个劲儿地说着："谢谢……谢……"激动的泪水在她的眼眶里打转。

此情此景，深深地触动了生活在幸福里的大学生志愿者们。他们心潮起伏：像这样的家庭，社会上还有不少，这些残疾老人真的非常需要社会的关爱，他们家庭条件差，居住环境也不好，加上身体上的缺陷，使他们每天都生活在彷徨无助中……

志愿者们把带来的慰问物资放进老人那间昏暗而狭小的房子里，跟她拉起了家常。

平时根本没人来探访她，更不要说有人跟她谈心了。现在屋子里一下子来了这么多朝气蓬勃的青年大学生跟她说一些暖心的话，缓解她的无聊，促进她积极乐观的生活态度。被人关爱的暖流使她觉得十分欣慰，被岁月洗礼过的脸上，皱纹都笑成了一朵"花"。

与老人家依依惜别后，志愿者又来到另一位老人家里，这是一位中风多年的老人家。他孤独地躺在凳子上，一个护工在照顾他，慰问过程中，志愿者们了解到老人家中风的程度已经很严重，以致他身体的许多部位都不能动，连话都说不出。他们还了解到这位老人是有家人有儿女的，只是儿女都各自有了自己的家庭，都在为生活奔波劳碌，无暇照顾老人。

看到这种情景，志愿者们内心十分沉重。回去的路上，他们各抒己见，纷纷谈到自己的看法。

"小远队长"说："作为儿女，无论多忙，都应该抽出时间关心家里的老人，多给他们一些关爱。老人家年轻的时候为孩子做出无限的贡献，这份养育之恩，作为儿女，这辈子都是还不清的，更加应该在父母不能照顾自己的时候，给予他们更多的关爱和照顾。"

"学生队"一位干部说："其实，能有人一起聊聊天，有人听他们说说话，对老人家而言就是很开心的事情。他们就像小孩子，需要我们多一点关心和爱护。"

"小远队长"对志愿者们说："是啊！陪伴是最长情的告白。对老人家来说，心灵上的陪伴是很重要的。"

常回家看看父母！他们需要的不但是物质上的给予，更重要的是儿女的关爱和照顾。

"小远队长"希望通过公益慈善活动，给予这些独居老人、困难家庭更多的关心。他带领"学生队"志愿者，分三天不辞劳苦地进行慰问活动，一共走访了 17 户独居老人家庭和困难家庭。对他们嘘寒问暖，他们有什么困难就尽力想办法帮忙解决。

他满怀深情地说："我们走访的每个家庭都不容易，我们能做的，就是送上我们的慰问与祝福，期待他们能够幸福。也愿更多的人关注需要帮助的困难家庭和老人，给予他们善意的帮助，温暖他们的心灵，让世界更美好。"

"老吾老，以及人之老！"尊老敬老，既是传统，也是社会文明进步的一个标志。

"尊老敬老是中华民族的传统美德，爱老助老是全社会的共同责任。"

"九九重阳节"凝聚中华民族千秋万代"老吾老"的浓浓深情和生生不息的民族风范。这一天，"小远队长"带领爱助会"学生队"志愿者们，带上新鲜水果和可口食品来到佛山市禅城区弘儒敬老院进行慰问，带去纯真的关怀和温馨的祝福。

志愿者们还为老人们表演节目，打扫卫生，跟他们聊天，耐心倾听他们过往的生活经历，排解他们心中的忧愁和孤独。

他们从这些老人眼里看到更多的是孤独和对子女关怀的渴望，无论在物质还是精神上，老年人都需要帮助，恰恰被冷落的却是这些老年人。"学生队"志愿者们觉得，他们能做到的就是让老人们感受到家的温馨和温暖，多给予他们一些力所能及的帮助。

（六）暖冬行动

在佛科院校园的每个角落，总有一群身影，无论酷暑寒冬还是刮风下雨，都会坚守在自己的工作岗位。他们很早就起床，甚至在凌晨时分便开始打扫校园，把校园打扫得十分整洁干净。他们就是校园里最辛苦的环卫工人。

爱助会"学生队"的志愿者们有不少是来自佛科院的在校大学生。

2018 年 12 月 14 日，"学生队"开展"暖冬行动"——关爱环卫工人和保安活动。志愿者们一大早便起床，冒着寒风，买回早餐及慰问品。当他们把热气腾腾的早餐送到环卫工人和保安手中时，他们激动地向志愿者们道谢，并表示他们只是做了自己的本职工作，却得到了大学生志愿者们的关心，让他们十分感动。

一份早餐、一杯热豆浆、一份小小的关怀，让起早摸黑工作的环卫工人和保安感受到浓浓的暖意。接过热豆浆的那一刻，他们都露出了发自心底的笑容。

小远队长说，他们平时的工作很辛苦，缺乏关爱，但很多人都习以为常。这次活动，表达了对环卫工人、保安等基层工作人员的敬意，同时也呼吁更多人加入这项活动，一起关爱辛勤工作的基层工作人员。

（七）奉献担当，书写人生华章

由于举行的公益活动数量多、效果显著、反响大，爱助会"学生队"2017年被佛山市志愿者联合会、爱助会总会评为"佛山市志愿行动力组织"，志愿者人数也由成立时的二十多人发展到四百多人。

在关远照队长的引领下，大学生志愿者们数年如一日地行走在公益路上。他们有责任、有担当、乐于奉献。在心系他人、奉献自我的过程中，他们自己也成长为内心有境界、有高度的新时代青年，价值观、人生观也得到了升华。

关远照在践行志愿者精神、热心公益的同时，平衡事业、公益、家庭的关系，成为父母的好儿子、妻子的好丈夫、女儿的好父亲。

爱人者人恒爱之，助人者人恒助之！

2018年，关远照一家被大家一致评为吉利乡"孝德家庭"。

关远照，就像他的名字一样——点燃自己，照亮别人，引领年轻一代大学生志愿者们在奉献中书写人生的华章……

希望的田野

朱健康是浙江杭州建德人,早年在家乡跑运输,把农民种的草莓从地里运到市场上卖,偶尔也会跑广东线。

跑运输不但辛苦,而且几年下来也赚不了多少钱。他心中一直有个愿望:把家里的平房变成一幢洋房,让家里人过得舒适一些。何时才能实现呢?

他决心要改变自己的命运!

建德是中国最早发展大棚草莓种植的县市之一,素有"中国草莓之乡"的美誉,不少建德人都通过种植草莓发家致富。

建德草莓市场的红火,让他心里有了想法:如果把家乡的草莓种植发展到外地,不就可以把运输成本节省下来了吗?

建德草莓是当地最具影响力的农业"拳头产品",他要另辟蹊径,拿着这张"金名片"到外面广阔的天地开创一番事业。

他跟妻子商量,得到了她的支持。从 2003 年开始,夫妻俩来到广东南海里水,向当地人租了一块八亩的地。租金交一年,实际种植草莓的时间只有半年,剩下的半年让当地人种了水稻。

朱健康说:"水旱轮作的地,种出的水稻好吃,草莓也好吃。真正是'我好,他也好'。"

他的话虽然质朴,却一语道出了"好人好自己"的道理。广东的地一直都很"紧俏"。不少人向那位当地人租这块地,出多少钱都没让他动心,他要把地留给种草莓的朱健康。

十七年来朱健康一直都租他的地,每年从家乡过来就直接有地种，而不用重新开发一个地方。

在一个地方待久了，当地的老乡、熟客都跟他处出了一份感情。在他心里，这里俨然就是他的第二个故乡。人们都亲切地称他为康师傅，他觉得这个名字好听，干脆把草莓园改名为"康师傅草莓园"。

每年过了农历八月初一，他和妻子就从建德来到南海里水，这时候水稻已经收割完毕。

康师傅忙着用石灰线画好地，用拖拉机深翻土地，把地打起来，整成一垄垄，然后用白膜把地覆盖起来，以防长草。到了 10 月 1 日左右，夫妻俩开始种草莓苗。苗长了一个月后，为了让长出来的草莓保持新鲜干净、水分充足，他们又得在每一垄的土地上覆上黑膜。

八亩的地，两人几乎不停息地在地里忙活：修剪老叶、整枝、拔苗根……以便草莓挂果，长得漂亮。

没有吃苦耐劳的精神是难以坚持下去的！

有一年的 10 月份，气温仍然高达三十多摄氏度，大地像火炉一样。第一批种下去的苗水分很快被蒸干，蔫死了。夫妻俩又买回来一批，冒着火辣辣的太阳忙着"补苗"。补了这棵，那棵又死了。补着补着，两人手都软了，心里"慌"得很啊。

一畦地种两行，一亩地八千株，八亩地六万四千株，实在忙不过来了，还要请人来种，本钱又得增加。

种植的确是要靠天吃饭的行业。

康师傅不但勤劳，还肯动脑筋想办法，不断摸索研究，终于找出合适的种植方法。

他在草莓园上安装了喷管，即使日照再猛烈，早、午、晚进行喷水，也能维持土地水分，大大提升了草莓苗的存活量。

"种植草莓确实辛苦，没有休息日，晚上还得加班，实在太累喽。"康师傅憨憨地说。

跟他一起到广东种植草莓的乡亲原来有十多户，能坚持下来的就只有他这一户了。

第一年种植草莓，由于技术不行，人脉也没有，亏了几千元；第二年，他回建德跟乡亲们学技术，种出来的草莓清脆香甜，光顾的人很多，生意做起来了，赚了一万多块，他心里有了希望；第三年由于气候原因，仅仅保本。

⋯⋯⋯⋯⋯

虽然辛苦，持之以恒地去干，夫妻俩终于尝到了种植草莓的甜头。每年十几二十万的种植收入让他们越来越有劲头了。

勤劳才能致富！

12月下旬的一个清晨，"康师傅草莓园"笼罩在一片薄雾中，泛绿的草莓叶，通红的、黄的、青的草莓，被晨雾裹着，都显得湿漉漉、毛茸茸的。薄雾在草莓园里飘舞着，沿着一畦畦草莓地悄无声色地铺展开去，似乎要到外面那广阔的天地⋯⋯

他和妻子正在一垄垄的草莓地里忙着摘老叶、修剪老枝，以便让草莓挂更多的果。

他们的身后是2015年盖起来的板房，相比以前住的塑料大棚，这板房显得气派多了。塑料大棚通风不行，尤其是天热的时候，太阳一出来就像火炉一样，到晚上睡觉时，"火炉"里的火虽然灭了，但聚集起来的热量还在，人在里面特别难熬。板房光洁明亮、通风透气，人住在里面，精神舒展，感觉生活更有盼头了。

种下去的每一株草莓，夫妻俩都像对待孩子一样精心打理、呵护。看着草莓小苗慢慢长大，然后挂花、坐果，两人脸上的笑意也越来越浓了。

他们种植的草莓品种是牛奶草莓，果形大、色泽鲜艳、口感特别清脆香甜。

康师傅无比自豪地说："我的草莓甜得连小狗都爱吃。"

看着丰收在望的草莓园，他情不自禁地在朋友圈感慨道："种草莓的酸甜苦辣，只有经历过的人才知道，愿所有种草莓的兄弟姐妹，今年都有个好收成。"

能够十七年持之以恒地种植草莓，除了心中的热爱，更重要的是辛苦所带来的希望，以及收获季节的"甜"。

当累累草莓缀满枝头，摘草莓的人蜂拥而至。傍晚的高峰期，小汽车在田边路上排成长龙。看着人们摘草莓时脸上流露出来的喜悦，康师傅也品尝到了种草莓所带来的"甜"，冬日的夕阳照在他那张黝黑的脸上，满是"亮堂堂的笑"。

周末，家长们带着孩子来到草莓园。看着孩子们发现一个又大又红的草莓时兴奋的模样，或者偷偷往嘴里塞进一个草莓时搞怪又满足的表情，莫不让他从心底涌出一份"甜"。

孩子们在草莓园里体验生活，欢乐地感受着泥土的清新气息。

"看着孩子们玩得开心，自己就开心。"这是种植草莓给他带来的另一份收获，那是精神上的收获。

有一次，一对情侣来摘草莓，不知什么原因，女的在生气，男的一直哄她，效果并不理想。后来，男的采了一个鲜艳的大草莓，直往女孩嘴里送，女孩轻轻咬了一口，笑容也在甜蜜中绽放出来了。

草莓园里竖着一个牌，上面写着"严禁采吃"。看到这么漂亮的草莓，来采摘的人总是忍不住要品尝。康师傅的心态放得很宽，他说自己没多少文化，背井离乡来到这里开展自己的草莓种植事业，靠的是大伙的支持。可以说端的是"百家饭碗"，吃的是"百家饭"，来摘草莓的大部分是熟客，处久了就像朋友一样了。

为人的厚道与善良使他的客源特别多，也是他事业蒸蒸日上的支撑点。

"这几天的草莓又多又靓、又香又甜，想吃的赶紧来摘吧。"

"若是开心，来吃草莓；若是不开心，也来吃草莓。生活不能只有奔波和忙碌，静下心来吃天然无公害的美颜健康草莓，开心快乐每一天！"

"草莓很靓很甜，天冷也要吃哦！"

....

他在朋友圈发的广告宣传语，展现出来的是他为人的真诚与质朴。

夫妻俩通过勤劳致富，2013年在家乡建起了一幢气派的小洋房，买了小汽车，一家人过上幸福的小康生活，实现了心底最质朴的愿望。

他为自己能够生活在这个美好的时代而感到幸运。

前年，读大二的儿子应征入伍，康师傅的心里又有了一个新的愿望：希望儿子退役后继续到军校深造，将来报效祖国！